Il Vento del Perdono

Elena Caserini

"Lascia che la vita scorra, come l'acqua di un torrente, che s'increspi nelle rocce, che si stenda nelle piane e che precipiti nel vuoto, fino a quando, raggiunta la foce,

trovi la pace"

Scozia

(Anno 1940)

Il cielo si dipinse di un grigio plumbeo sfumato da cumuli minacciosi in procinto di scaricare pioggia e forse grandine.

Il mare, ancora calmo all'apparenza, iniziò ad ingrossarsi a qualche miglio dal peschereccio, dove un gruppo di pescatori stava faticosamente ritirando le reti colme di pesce catturato durante la notte.

Era stato un azzardo sfidare il mare quel giorno, ma tutto quel ben di Dio non avrebbe potuto andare perduto, il pescato sarebbe servito a sostentare ben quattro famiglie per una settimana.

I muscoli degli uomini, tesi all'estremo, stavano compiendo uno sforzo senza precedenti per accelerare i tempi, in modo da sfuggire alla tempesta imminente, ma la paura ormai si era quasi impossessata dei loro corpi rendendoli deboli e fiacchi.

Tra loro, Samuel Mclower, di solo diciannove anni, sembrava l'unico ad aver mantenuto i nervi saldi.

"Non mollate!" urlò disperato in direzione di Brian e Shone, i due pescatori d'esperienza ormai allo stremo delle forze, "Tira ancora Sam, ci siamo quasi!" sbraitò uno, lui lo fece e la rete fu tratta con estrema fatica, a bordo.

"Presto gettatela di sotto, non abbiamo tempo di estrarre il pescato, la tempesta ci ha quasi raggiunti" disse Brian, avvicinandosi a Sam. Il ragazzo aveva il fiatone, i muscoli tesi dallo sforzo e il viso color porpora.

"Credi che ce la faremo?" chiese preoccupato, osservando il nero delle nubi avvolgere l'imbarcazione, "Non lo so, ma ci proviamo!" rispose sinceramente il vecchio pescatore.

Iniziò a piovere ed il vento diventò così violento da strapazzare il vecchio barcone, ormai logoro da tempo.

I quattro si rifugiarono nella piccola cabina, ammassati fra loro, col fiato sospeso, mentre il vecchio timoniere guardava incredulo lo spettacolo raccapricciante che gli si stava parando innanzi.

Non erano onde quelle, erano montagne di acqua pronte ad ingoiarli e a spazzarli via.

"Pregate ragazzi" disse in tono sommesso Jarold Mcfraiser, che da sessant'anni faceva quel lavoro "non c'è altro da fare", aggiunse, stringendo i pugni sul timone fino al punto di rendere bianche le nocche.

Samuel sentì le gambe cedergli, quasi che una mazza lo avesse colpito all'istante.

"Non voglio morire così... " la sua voce uscì senza controllo, quel tono sommesso e disperato convinse il vecchio timoniere a scuotersi.

"Abbi fede ragazzo, ti prometto che oggi *non morirai.*"

Sam non seppe spiegarlo ma tutto d'un tratto un filo di speranza si fece largo nel suo cuore.

Il vecchio virò inaspettatamente puntando la prua verso la gigantesca onda che si stava avvicinando a una velocità impressionante, "*Ma che fai? Sei un pazzo, così' ci ammazzerai tutti!*" sbraitò disperato Brian, "Stai zitto bifolco, io so quello che faccio" fu la pronta risposta che il vecchio gli diede.

L'ammasso delle reti adagiate e aggrovigliate su sè stesse rese il peschereccio pesante e quando la prua s'infranse contro la massa d'acqua nera come la pece, in luogo di rovesciarsi all'indietro s'immerse in quella tenebra, tagliando l'onda stessa come una lama da rasoio.

Di colpo si fece buio all'interno della stretta cabina di comando, Brian, incredulo guardò quell'acqua trattenendo il fiato, aggrappandosi alle aste metalliche a causa degli scossoni che si stavano ripercuotendo sull'imbarcazione, Sam era finito a terra strapazzato dall'urto appena sentito, gli altri si erano appiattiti alla parete, trattenuti da due cime che penzolavano dalle aste, quasi che la fortuna avesse deciso di metterle al giusto posto.

Mcfraiser teneva il timone tra le mani cercando di resistere all'intenso tremore che lo strumento gli stava propagando in tutto il corpo, poi successe un fatto incredibile, la barca riemerse facendo un balzo fuori dall'acqua spinta dall'energia dell'onda, e nel momento in cui iniziò a precipitare nuovamente in mare, un silenzio sinistro s'impose in quell'angusto spazio, solo i respiri rassegnati alla morte furono in grado di spezzarlo, respiri devastanti.

L'impatto sull'acqua fu spaventoso, il peschereccio si rovesciò improvvisamente, ma in luogo di restare sott'acqua con lo scafo rovesciato, spinto da una corrente impetuosa, fece un giro su sè stesso fino a ritornare a galla in perfetto equilibrio.

L'incredulità degli uomini fu grande.

Jarold era caduto picchiando la testa sul timone, e Brian aveva preso il suo posto pronto ad affrontare l'onda successiva, che sembrò aver perduto vigore e forza.

Le reti, impigliate, pur sparpagliandosi alla rinfusa erano rimaste sulla barca, e l'acqua che si era accumulata sulla prua aveva reso l'imbarcazione ancora più pesante.

Avrebbe potuto essere un vantaggio contro le onde, ma restava il fatto che, raggiunto il livello massimo sopportabile, questa sarebbe affondata senza mezzi termini.

Brian riuscì a tagliare l'onda successiva attutendo perfino l'impatto durante la riemersione, ma restava poco tempo, prima che la previsione appena fatta si avverasse, davvero poco!

Il peschereccio resistette pochi minuti, il tempo sufficiente affinchè l'equipaggio vedesse la costa a qualche centinaio di metri, un sospiro di speranza si propagò nei loro cuori per poi spegnersi improvvisamente con l'arrivo di un onda anomala e assassina.

Jarold ebbe appena il tempo il arpionare il braccio di Sam e di urlargli come un ossesso *"Esci da qui, subito, e buttati in acqua!"* il ragazzo, spinto da una strana energia che gli annullò la paura, ubbidì.

Di fronte, la montagna di acqua incombeva minacciosa, Sam voltò il capo per l'ultima volta in direzione della cabina, ma gli schizzi gli annebbiarono la vista impedendogli di mettere a fuoco i visi dei suoi compari, che presto sarebbero scomparsi in fondo al mare; allora si mosse cadendo più volte a terra, arpionò la cima di una corda che si muoveva come un serpente impazzito, quindi facendo presa, si trascinò fino a raggiungere un varco e si buttò in mare.

Nello stesso istante l'onda ingoiò il peschereccio, questo si rovesciò di lato e iniziò la sua lunga agonia, affondando vorticosamente in acqua.

Sam perse l'orientamento spinto dal vortice impetuoso che lo costrinse sempre più in profondità, eppure restò lucido il tempo sufficiente per capire che avrebbe dovuto risalire immediatamente per riprendere aria.

In quel nero di tenebra, sconvolto dai suoni ovattati che la mareggiata gli restituiva, focalizzò un viso, era quello di Adam, il suo compagno da più di due anni: due occhi color ambra e un sorriso disarmante.

Si scosse e tremò colto da spasmi, ma forte fu la volontà di cercare le sue ultime energie, uniche armi per salvargli la vita.

Rilasciò l'ultima bolla di ossigeno che aveva in corpo, poi pregò che la distanza dalla superficie non fosse così impossibile da raggiungere.

I polmoni chiamarono aria, la mancanza di ossigeno si fece atroce, dolorosa, irresistibile, fino a quando, per miracolo, riuscì ad emergere all'ultimo istante, prima che tutta quell'acqua salmastra lo soffocasse facendolo annegare.

Iniziò a rantolare, il timbro della sua voce parve provenire dagli inferi tanto risuonò agghiacciante e rauco, simile quasi ad un verso animale.

Per un attimo Sam fu convinto che il peggio fosse passato, dopotutto era riuscito a salvarsi da quel risucchio infernale che lo aveva spinto giù all'inverosimile, ma quasi immediatamente comprese che non era ancora finita.

Nonostante si muovesse nuotando come un forsennato verso la costa, che si vedeva a malapena tra le immense onde ancora in movimento, un gelo possente e paralizzante cominciò a risalirgli lungo gli arti inferiori, rallentando la sua folle impresa.

Il crampo giunse fulmineo come una lama tagliente e gli bloccò le gambe, ingurgitò dell'acqua nel girarsi sulla schiena, ma fu il solo e unico modo per rimanere in superficie.

E mentre galleggiava salendo e scendendo da quelle montagne d'acqua che cercavano di congelarlo e di affogarlo, la sua mente si concentrò sull'unico pensiero in grado di tenerlo in vita.

Adam.

Aveva i suoi anni e ne era innamorato.

La loro relazione, celata da sempre e ritenuta, non solo scandalosa, ma anche perseguibile penalmente in un piccolo paese sperduto nelle langhe scozzesi quale era il suo, rappresentava l'unica forza in grado di renderlo invincibile.

Adam dalle mani forti, dagli occhi profondi e scintillanti, dal cuore grande e gonfio di amore: Adam dall'abbraccio possente, dai modi rudi e gentili, dalla passione sfrenata per le imprese impossibili, avrebbe voluto che lottasse per restare in vita, e Sam desiderò farlo.

Attese che il dolore si attenuasse, poi, per impedire di morire congelato in quelle acque nere e agitate, trovò una volontà inattesa e cominciò a nuotare resistendo a quell'inferno che sembrava sul punto d'ingoiarlo ad ogni bracciata.

E poi successe un miracolo.

La tempesta cessò all'improvviso, il vento abbandonò la costa permettendo a Sam di raggiungere il primo scoglio a poche centinaia di metri dalla spiaggia.

La tenebra sembrò attenuarsi poichè dei bagliori parvero emergere da lontano.

Sam, spossato e in procinto di crollare, lasciò il suo appiglio deciso ad affrontare l'ultima breve distanza che lo separava ancora dalla terra.

Più si avvicinava, più gli sembrò di riconoscere delle sagome appollaiate sugli scogli che ondeggiavano le loro lanterne, allo scopo d' illuminare quel mare nero come la pece, sperando di vedere da lontano il peschereccio.

Erano le famiglie, gli amici, i conoscenti che disperati, pregavano in attesa dei loro cari, il cui unico sopravvissuto avrebbe, da lì a breve, toccato la spiaggia.

E fu così.

Sam strisciò esausto e mentre tentava di alzare la testa e chiedere aiuto, due lanterne si fecero vicine, fino a quando vide due ombre assumere i contorni di sembianze umane.

"Qui c'è qualcuno! Presto venite!" urlò a gran voce il vecchio Paul riconoscendo un corpo adagiato sulla spiaggia.

Quando le sue grosse mani si posarono sulle spalle di quel corpo freddo e inerte, Paul non ebbe dubbi a riconoscere il ragazzo.

"È Sam santo Dio! Sam!" lo girò, mise le dita sulla vena del collo e pregò di avvertire un battito, un battito di speranza.

"È vivo!" disse concitato.

Sam aprì gli occhi sgomento e tentò di parlare, ma era posseduto da intensi brividi e le parole gli uscirono tremolanti ed incomprensibili.

"E..affffonnndddattto..." il battito dei denti così violento e veloce gli impedì qualsiasi altra parola, ma forse non ce ne fu bisogno, delle urla di disperazione si levarono nel giro di pochi istanti, mentre altri cercavano di dare calore al povero Sam ricoprendolo con i loro plaid.

Paul, aiutato da altri due, lo sollevò e lo trasportò fino oltre la scogliera, e mentre Sam cercava di non chiudere gli occhi, un volto sfuocato si fece chiaro, nitido, cristallino.

"Lascialo a me Paul, ci penso io."

La voce di Adam investì in pieno Sam ridestandolo dal suo torpore. Paul glielo consegnò grato di averlo incontrato.

"Grazie figliolo, portalo a casa, la nonna non ha avuto il coraggio di venire, sta ancora pregando. Quando sarà in grado di parlare ci racconterà tutto."

"Sì" replicò Adam prendendolo tra le braccia.

Quando si fu allontanato abbastanza Adam sciolse le spalle e nonostante il corpo di Sam pesasse notevolmente, lo sforzo che impiegò per sostenerlo, non fu niente rispetto al controllo delle proprie emozioni vedendolo sano e salvo.

"Cristo ho pensato che fossi morto... " sussurrò con la voce rotta, Sam riuscì a guardarlo e nonostante tremasse ancora fu in grado di parlare.

"Sei stttattto ...ttttu a darmi la forza..era la tttua fffaccia che vvvedevo in fffondo al mmmare."

"Stai zitto, non parlare e lascia che ti scaldi" replicò accasciandosi sul ciglio della strada per riprendere fiato.

Lo strinse a sè con impeto e forza poi fece un giuramento: mai più lo avrebbe lasciato andare, mai più!

Ma certi giuramenti non possono essere mantenuti, il destino è sempre in agguato e manovra le sue azioni secondo un codice già scritto, un codice che nessuno può prevedere, e i risvolti possono essere talvolta devastanti e spaventosi, oppure magnifici e straordinari.

Soffiavano venti di guerra in Europa e la Scozia non avrebbe potuto sottrarsi nel caso l'Inghilterra fosse entrata nel conflitto, un conflitto che avrebbe distrutto molte esistenze, spezzato il futuro di migliaia di giovani, scaraventato le genti in un spaventoso incubo fatto di sangue e sofferenze indimenticabili.

Presto anche in terra scozzese i piccoli centri dimenticati da Dio, avrebbero sofferto per la partenza dei propri cari, chiamati a gran voce nell'esercito inglese, ma per il momento c'era ancora chi riusciva a vedere solo il presente e il suo nome era Sam Mclower.

Sam era nato a Oban, (gaelico *An t-Òban)*, e da allora non si era mai mosso da lì se non per andare a pescare.

Dal promontorio la cittadina restituiva l'immagine di una

piccola baia, e ricalcava esattamente la forma perfetta di un ferro di cavallo: da tempo immemore si narrava che alcune notti il vento soffiasse in strano modo, provocando rumori simili a rantoli, e talvolta a causa degli anfratti rocciosi a picco sul mare, pareva che la terra respirasse come fosse un entità a parte, selvaggia e affascinante.

Dietro la baia, le antiche montagne di Morvern e Ardgour sembravano proteggerla dal mondo circostante, impedendo alle tempeste di raggiungere il borgo.

Ma quando queste venivano dal mare non c'era barriera che le fermasse, provocavano tragedie così spietate da indurre gli abitanti a pregare, ogniqualvolta le nubi plumbee avanzavano minacciose.

Una settimana dopo la tragedia e la veglia notturna delle genti del villaggio, che avevano gettato fiori nello stesso mare in cui i loro cari avevano trovato pace, arrivò un dispaccio nell'ufficio del Comune.

Era una lista di nomi, il cui futuro sarebbe stato, nei successivi cinque anni, appeso ad un filo.

Sam e Adam si erano appartati, come sempre, nell'anfratto nascosto adiacente al perimetro della scogliera a picco. Lo usavano spesso, da quando un giorno per caso, lo avevano scoperto mentre stavano cercando un luogo per stare assieme. Era un posto isolato ma al riparo dall'incessante vento, dove si poteva ammirare un panorama che ti toglieva il respiro.

Nessuno era al corrente di ciò che albergava nei loro cuori innamorati, essere diversi non era mai stata un'opzione da considerare.

Fu Sam ad arrivare per primo, Adam lo seguì dopo una decina di minuti.

"Stai bene?" gli chiese preoccupato dal quel pallore che si portava addosso dalla sera che si era salvato miracolosamente, "Sì" rispose Sam, allargando il plaid, dopo averlo estratto dalla sua vecchia borsa di tela grezza.

Si tolse le brache, i calzettoni e gli scarponi, poi sfilò la maglia pesante sdraiandosi sul tepore della coperta.

Adam restò immobile, il fiato pesante tradì la sua preoccupazione.

"Che ti prende? Sto gelando, dai vieni accanto a me" disse Sam corrugando la fronte, lui si mosse si liberò dei vestiti e si sdraiò avvinghiandosi a lui.

Il profumo di quella pelle cosi speciale, unica ed eccitante investì Sam tutto d'un tratto.

"Profumi di bosco" sussurrò "di muschio e terra" aggiunse alzando il viso e raggiungendo le sue labbra regalandogli un tenero bacio.

Ma Adam non ricambiò il gesto lasciandolo disarmato, anzi restò immobile come uno stoccafisso, lo sguardo perso in direzione delle rocce sopra le loro teste.

"Cos'hai?" la voce di Sam si fece dura.

"Allora non sai?"

"Cosa dovrei sapere?" Adam si girò e fissò le sue iridi penetrandolo.

"Un dispaccio. Si dice contenga le lista dei nomi di quelli che dovranno partire."

Sam aggrottò la fronte.

"E allora? Non crederai che l'esercito inglese mandi a chiamare due zoticoni scozzesi come noi in grado solo di zappare la terra!"

Per un attimo le labbra di Adam sembrarono allargarsi in un sorriso, ma durò poco, poichè la risposta gelò Sam all'istante.

"Forse non io, ma tu corri il rischio."

"Perchè non ho nessuno tranne la mia vecchia nonna?"

"Già, io sono capofamiglia invece, devo sostenere le mie sorelle e mio padre malato."

"Rilassati gli inglesi non sanno nemmeno che esisto, e in ogni modo stai rovinando questa meravigliosa giornata."

Adam annuì, gli accarezzò la spalla e disse "Credo che se ti perdessi potrei anche impazzire... "

"Non mi perderai, e se anche dovessi partire farei di tutto per tornare da te. È la tua faccia che ho visto quando stavo per morire ingoiato dal vortice che mi stava spingendo sempre più giù, e sai cosa è successo?"

Adam restò in silenzio.

"Ho trovato la forza e sono risalito, una forza che non credevo di possedere perché sapevo che là, su quella scogliera, tu mi stavi aspettando. Ma prima di questa immagine, mentre stavo nella cabina assieme agli altri, il destino aveva già deciso, ne sono sicuro."

Adam si fece scuro in volto, si voltò e disse "In che senso, non capisco."

"Il vecchio Jarold ha pronunciato le seguenti parole 'Ti prometto che non *morirai'* e così è stato! Ha detto *morirai*, non morirete, era diretto a *me* quel messaggio e per me è un segno del destino."

Adam lo guardò, gli sfiorò le labbra, si avvicinò al suo orecchio e disse "Forse. Ma adesso basta parlare", sussurrò in tono calmo, "ti desidero Sam, voglio toccarti fino a farti fremere in ogni parte del corpo."

Lui sorrise leccandogli la guancia.

"Coraggio allora, fallo!"

Periferia di Londra

(Anno 1940)

Il ragazzo si girò di spalle, poggiò la schiena sulla pesante porta in vetro e spinse con tutta la forza che aveva, dato che le mani erano occupate a sostenere due grandi ampolle contenenti uno strano liquido verdastro.

Lo sforzo fu grande, eppure riuscì nell'intento ed entrò grondante di sudore all'interno del negozio adibito a farmacia, dove era stato assunto come commesso da circa un anno.

"Piano!" urlò il vecchio dall'altra parte del bancone.

"Per l'amor del cielo, Christian poggiale sul tavolo e fallo con delicatezza."

"Sì signore" replicò il ragazzo seguendo il suo consiglio.

Sembrò trattenere il fiato, in quel breve spazio che lo divideva dalla meta, e nel momento in cui poggiò i due contenitori, i suoi polmoni si sbloccarono rilasciando più aria del dovuto.

Il sospiro strappò un sorriso al vecchio che alzò il viso e disse "Bel lavoro, ora siediti e prendi fiato, ho deciso di chiudere prima stasera."

Il ragazzo si turbò, qualche sterlina in meno avrebbe significato, per lui, enormi sacrifici.

"Ti pagherò comunque la giornata, non preoccuparti" disse il vecchio, intuendo i suoi pensieri.

La sua espressione mutò di colpo e quelle labbra si aprirono in un sorriso inatteso.

"Grazie signore, siete molto comprensivo."

Il vecchio lo raggiunse, prese una sedia e si affiancò a lui.

"Come stanno i tuoi?", chiese, cercando lo sguardo di quel ragazzo che di lavoro ne faceva davvero molto, sacrificando ogni minuto del suo tempo per permettere alla famiglia di condurre una vita dignitosa.

La grande depressione, dopo dieci anni, mieteva ancora vittime nonostante l'America sembrasse un paese così dannatamente lontano.

"Ora va meglio, ma sono preoccupato per ciò che sento, Alma dice che entreremo in guerra." Il vecchio si grattò la folta barba ormai grigia da molto tempo, quindi disse "La tua ragazza non sa niente, l'Inghilterra non entrerà in guerra facilmente, e tu non devi rovinarti le uscite con lei con questi brutti pensieri."

Christian rilassò le spalle, il vecchio continuò "Volete sposarvi, vero?"

"Sì i miei lo vorrebbero tanto."

L'uomo poggiò la mano sulle spalle del ragazzo e cercò i suoi occhi, "Hai detto *i miei*? Fino a prova contraria sei *tu* che dovresti decidere."

Christian si fece sfuggire una smorfia di disappunto, poi corresse il tiro.

"Volevo dire che... sì certo sono io che lo voglio, mi sono spiegato male. Ora scusi signore, ma vorrei finire il lavoro nel retro, prima di chiudere."

Il suo capo intuì il messaggio, si alzò e disse "Vai pure figliolo."

Benjamin Stewart proprietario da più di quarant'anni di quella farmacia che aveva ereditato dal padre, scosse il capo. Era così chiaro che quel ragazzo non aveva nessuna voglia di sposarsi, ma siccome Alma era di buona famiglia e con una dote di sicuro interesse, i genitori di Christian avevano pensato bene di pilotare la loro relazione.

Continuavano a ripetergli fino a sfinirlo che avevano sacrificato molto per farlo studiare, pertanto, se avesse anche ascoltato i loro consigli, li avrebbe fatti contenti.

Ma un figlio non si costringe ad agire facendo leva sui sensi di colpa, un figlio va rispettato, amato e reso libero di decidere della propria vita, anche se a volte è la vita stessa a decidere i percorsi da compiere, talvolta lineari, altri irti di ostacoli.

Christian uscì dal negozio, non fece in tempo a svoltare l'angolo che una ragazza gli arpionò il braccio.

"Alma! Ma come... "

"Sono passata per caso e ti ho visto per strada, sei uscito prima?"

"Sì."

"Meglio, dai vieni andiamo a prendere un caffè, ti devo parlare."

Christian si morse il labbro, avrebbe voluto passare qualche ora libera con l'unico amico che aveva e magari scolarsi qualche birra, ma era andata male.

Entrarono in un bistrot, si accomodarono in un tavolino appartato, quindi Alma nascose il viso dietro alla lista delle bevande e disse "Ho trovato la casa per noi, è un po' piccola ma nel caso arrivassero i figli, la possiamo accomodare."

Christian sentì la pelle farsi di ghiaccio, nonostante ciò, mentì molto bene.

"Ah! E...dove sarebbe?"

"A pochi passi dal centro, sai mio padre conosce personalmente il proprietario, potrei chiedergli d'intercedere per noi."

Christian deglutì.

"Sarebbe... magnifico" rispose in tono stanco, ma Alma era così presa dalla sua frenesia che non diede peso al suo timbro, in fondo sembrava che esistesse solo lei tra i due.

Perché non riusciva a dirle che lui non voleva sposarsi

maledizione! Era giovane, voleva fare esperienza, ma soprattutto desiderava far luce sui sentimenti che provava per lei.

Possibile che l'amore fosse un sentimento con così poco slancio? Christian se lo era chiesto da quando aveva deciso di frequentare Alma, perché a volte il suo corpo non rispondeva in modo corretto alle sue avances.

Probabilmente provava qualcosa per lei, ma non era sufficiente affinché avvertisse dei segnali specifici, perché il più delle volte che se la portava a letto, non vedeva l'ora che tutto finisse.

Ed ora lei aveva cercato una casa!

Per un attimo Christian partorì un pensiero maligno, quasi inumano, desiderò che quei venti di guerra diventassero certezza facendo scoppiare un conflitto, affinché lui potesse fuggire da lei, dalla gabbia nella quale lo stava rinchiudendo, e da tutte le aspettative che i suoi genitori si attendevano da lui.

Ma non era cosa facile.

Si era spesso soffermato sul conflitto che lo schiacciava ogniqualvolta sentiva crescere dentro una strana ribellione, era come una voce che gli diceva di seguire il suo istinto e d'ignorare i pensieri logici e razionali che lo stavano dirigendo su strade opposte rispetto ai suoi desideri, ma non era mai riuscito a trovare l'equilibrio, perché i sensi di colpa, ormai radicati dentro, gli impedivano di raggiungere quella tanta agognata lucidità.

E allora subiva, trasformando le sue azioni in accondiscendenza, divenendo quasi remissivo, arrendevole, tollerante e docile.

"A cosa stai pensando? Non sei contento per la casa?" chiese Alma vedendolo assorto nei suoi pensieri, Christian sussultò poi, come faceva sempre, pronunciava parole che *non voleva veramente dire.*

"Affatto, è una splendida notizia." Lei s'illuminò.

"Allora andiamo, il tempo è tiranno e io non vedo l'ora di mostrartela!"

E mentre la seguiva come un cagnolino bastonato, desiderò ardentemente che quel pensiero oscuro, tenebroso e irrazionale, diventasse realtà, salvandolo da una prigione pianificata, organizzata e voluta da tutte le persone a lui care, che sembrava materializzarsi sempre di più.

Alma gli stringeva la mano come un'ossessa, quasi avesse timore che lui fuggisse a gambe levate per non essere costretto a seguirla; era strano come certi pensieri iniziavano a farsi prepotenti acutizzando il suo disagio ad ogni minuto che passava.

Guardò quella presa ferrea ed ebbe l'impressione che la mano gli bruciasse, fu tentato di scrollarsela di dosso, ma proprio in quel momento Alma imboccò il vicolo tirandoselo appresso.

"Eccola, è quella al piano terra sulla destra, non è bellissima?"
Christian sollevò lo sguardo ed ebbe quasi un mancamento; di

fronte un caseggiato puntellato da piccole finestre lo colse impreparato.

"Allora? Ti piace?" chiese, mollandogli la mano e precedendolo di qualche metro, il cervello di Christian gli mandò un segnale forte, impossibile da ignorare, gli suggerì le seguenti parole: *'dille che fa schifo, che non ti piace, che non vorresti mai vivere in quel buco con lei! Maledizione tira fuori le palle!'* ma al pari di quelle parole che gli frullarono vorticosamente in testa, altre voci iniziarono ad occupare un notevole spazio facendosi sempre più nitide.

'Pensa ai tuoi genitori, ai sacrifici che hanno fatto! Pensa ad Alma che è pazza di te e può rendere reale ogni tuo desiderio, non puoi mandare tutto all'aria solo perché è un momento di debolezza, potresti perdere tutto senza possibilità di un futuro dignitoso. Coraggio Christian sei un uomo ora, basta comportarsi come un ragazzo che insegue solo i propri sogni!' fu l'ultimo pensiero che gli fece decidere di pronunciare parole

che non avrebbe mai pensato di dire.

"Sembra bella, dai andiamo dentro!"

E fu così che varcarono l'ingresso di quella piccola dimora, che presto si sarebbe trasformata in un nido pronto ad accogliere la prole che sicuramente sarebbe presto arrivata.

Ma quel pensiero maligno, quel desiderio recondito irrazionale e assurdo, stava prendendo forma stravolgendo ogni certezza sul futuro di molte genti.

Oban - Scozia

(1940)

Un sole pallido si affacciò sulla piccola piazza, dove un gruppo di uomini erano intenti ad allestire una sorta di pavimento in legno, destinato a trasformarsi in una pista da ballo.

Nonostante il naufragio del peschereccio e il dolore per la perdita dell'equipaggio, si era deciso comunque di seguire le tradizioni della festa di primavera.

Sam se ne stava appartato dal gruppo principale, che invece era intento a piazzare le tavole di legno precedentemente limate e proporzionate, facendo un gran baccano.

Adam era tra loro e dava sfoggio della sua invidiabile forza. Con quelle mani avrebbe potuto fare qualsiasi cosa.

Sam annusò l'impregnante davanti a lui, un liquido trasparente dal pessimo odore, "Puah... sembra sterco di cavallo", esordì, alzando il tono della voce.

Thomas, il più vecchio del gruppo, udì quel lamento e con una battuta lo apostrofò in malo modo.

"Non fare la femminuccia e muovi quelle mani, se non metti l'impregnate il legno marcirà con la prima pioggia, e tu sai che questo può succedere molto spesso."

Sam non diede peso alle sue parole e per dimostrargli che aveva incassato la battuta col piglio giusto rispose, "Sei bravo solo a parlare, guarda come sei indietro, se non metti giù quel legno non ci sarà nemmeno un pavimento da impregnare."

Adam si fece scappare una smorfia divertita, gli era sempre piaciuto il carattere di Sam, così fuori dall'ordinario.

Amava il suo buon umore, la sua tenacia e quello strano spirito combattivo che, talvolta, lo portava a compiere azioni pericolose trasformando quel coraggio innato in idiozia, ma non ci poteva fare niente, perché era così magnifico godere della sua compagnia, che la maggior parte delle volte era costretto a perdonargli ogni cosa.

Era sufficiente che lui si avvicinasse, che lo accarezzasse, facendogli perdere la ragione.

Era successo quando entrambi si stavano apprestando ad entrare in quell'età dove tutto si scopriva e s'intensificava : l'età dell'adolescenza.

Era bastata una lite a far capir loro che, quel sentimento che provavano l'un per l'altro, non era stato veramente odio, qualcosa d'inspiegabile si era celato nel profondo dei loro cuori ed era cresciuto inconsapevolmente senza che loro se ne accorgessero.

 E poi era successo.

In un pomeriggio plumbeo e piovoso, Adam aveva percosso Sam per averlo visto baciare sua sorella.

Lo aveva trascinato nel fienile ed aveva chiuso la porta.

Si era tolto la maglia, non avrebbe voluto sporcarla di sangue nel caso Sam ne avesse perduto dal naso, perché era la sua faccia che voleva riempire di pugni.

Si era avvicinato con il braccio alzato e il pugno a mezz'aria pronto a colpire quel viso magnifico che gli scatenava dentro emozioni sconvenienti e sconosciute ogniqualvolta lo guardava, ma Sam non era rimasto in attesa di subire quel micidiale destro, si era arrampicato sopra al soppalco carico di fieno ed aveva ritirato la scala per impedirgli di raggiungerlo, voleva che Adam sfuriasse la rabbia.

"Scendi maledetto! Ti rompo la faccia non appena metti giù i piedi!" aveva imprecato paonazzo e minaccioso, tentando di saltare per raggiungere un appiglio.

"Perché sei così arrabbiato Adam? Non riesco a capirlo" aveva detto Sam con calma mettendosi comodo.

"Lo sai invece!" aveva sbraitato subito dopo, sempre più arrabbiato.

Era stato proprio in quel momento che Sam aveva avuto un'intuizione assurda e ciò che gli era frullato nella mente era divenuto suono.

"Sei geloso" aveva detto "temi che io possa piacere a tua sorella, non è così cafone di uno scozzese grande e grosso?"

Adam era arrossito di prepotenza quasi colto da paralisi, allora Sam aveva fatto un salto ed era sceso dirigendosi vicino a lui.

"L'ho fatto apposta Adam! Baciare tua sorella è stato l'unico modo per suscitare la tua rabbia, solo così riesco ad ottenere la tua attenzione." Ora gli era vicino, occhi negli occhi, le labbra a pochi centimetri.

"Lo senti anche tu vero?" aveva poi domandato col cuore a

mille.

"Sì... " aveva risposto Adam, nascondendo in modo goffo quella spaventosa erezione che era cresciuta all'improvviso.

"Toccami, senti come è duro quando sono vicino a te" aveva ansimato Sam appoggiandosi a lui, Adam aveva tentato di ritrarsi, ma il desiderio di baciare quelle labbra era stato più forte.

Così, gli aveva preso i capelli fra le mani, e aveva spinto la sua testa verso di lui, ingoiando le sue labbra. Quel bacio appassionante, tolse a Sam il respiro.

"Wow! Adam, sto scoppiando, dobbiamo... "

"Basta parlare!" lo aveva zittito Adam, e tutto era cominciato tra loro.

Glielo aveva sempre detto che parlava troppo. Anche ora, quando si appartavano, prima di fare l'amore lo zittiva sempre e poi lo amava alla follia.

Finalmente dopo ore di lavoro il pavimento fu ultimato, fu allestita la pedana per permettere ai suonatori di accomodarsi con i loro strumenti.

A breve ballate celtiche, accompagnate da cornamuse avrebbero riempito l'aria di suoni melodiosi costringendo le genti a stringersi e a ballare avvinghiati l'uno all'altro, dimenticandosi completamente della realtà.

Anche Sam e Adam avrebbero ballato, grazie alla complicità di una persona che da sempre li aiutava a mettere in atto la solita strategia.

Si chiamava Amy ed era una fanciulla dai lunghi capelli biondi, con due occhi azzurri come il cielo ed una bocca splendida che ricordava una fragola matura.

 Lei era l'unica a sapere della relazione tra Sam e Adam, ed era stata la sola persona ad accettare la loro diversità.

La loro tecnica era tanto semplice quanto banale, ma avevano bisogno di Amy per attuarla e non fu per caso che, un'ora prima dell'inizio della festa, la ragazza venne strattonata da Sam.

"Devo parlarti", lei si liberò dalla presa mise le mani sui fianchi e disse "Me l'aspettavo, cosa credi che abbia fatto nel pomeriggio?" Sam le scaricò addosso un sorriso disarmante.

"Chi è la vittima?"

"Rose Mcfraiser."

"La nipote di... "

"Sì proprio lei. È il suo primo ballo da vera donna, con lei non temete nulla, è così ingenua."

"D'accordo, la devo invitare io o Adam?"

"Tu, io ballerò con Adam."

"Va bene, grazie Amy sei un tesoro!" quindi si allontanò a gran passi col cuore gonfio di felicità.

Era una delle pochissime occasioni che potevano mostrarsi al pubblico e godere della presenza di ognuno senza timore di essere scoperti, ed era così inebriante.

La serata iniziò con il discorso del primo cittadino, il quale pronunciò tutti i nomi dei pescatori morti in mare, quindi diede inizio alle danze invitando le genti a prender posto sulla pedana.

Sam si era sistemato dalla parte opposta rispetto ad Adam, in attesa del segnale e quando questo arrivò si diresse verso Amy.

Era lei il segnale, quando fosse apparsa assieme alla piccola Mcfraiser era ora di agire.

"Posso avere questo ballo?" chiese Sam porgendo la mano in direzione della ragazza bruna, lei sgranò gli occhi, si voltò in direzione di Amy e chiese "Posso?"

"Certo, conosco Sam, ti puoi fidare di lui!" era la solita battuta che usava e Sam ne fu quasi nauseato.

Le circondò la vita e la spinse in mezzo alla pedana. Adam fu dietro ad Amy nel giro di qualche secondo "Balliamo?" chiese ammiccando "Naturalmente" replicò lei facendosi circondare da quel fascio di muscoli tonici.

Dopo qualche giravolta e una serie interminabile di passi, i due si trovarono affiancati con le rispettive dame. Era un gioco di seduzione che avevano scoperto da tempo, ed era così eccitante da far perdere loro il controllo.

Sam strinse la sua dama posando gli occhi sul sedere di Adam che si muoveva flessuoso al ritmo della ballata, mentre Adam lo spogliava con gli occhi ogniqualvolta lo vedeva ancheggiare.

L'erezione di entrambi cominciò ad essere incontenibile, fu Amy a parlare per prima.

"Datti una calmata, da come è duro ho paura che scoppi."

"Scusa Amy è che... a Sam sembra piacere davvero quella ragazza."

"Cristo Santo, ma non ti è ancora passata la gelosia?"

"No, non mi passerà mai, credimi."

Amy inarcò il sopracciglio, quindi disse "È il momento!" Adam annuì e la spinse con violenza contro Sam, scaraventandolo a terra.

Sam, sdraiato di schiena iniziò ad imprecare come un forsennato, pronunciando parole minacciose contro di lui fino a quando non gli si avvinghiò addosso.

Si scambiarono un paio di schiaffoni in quella pagliacciata combinata e, prima che si formasse un cerchio pronto ad assistere al litigio, Amy li divise imprecando come una matta.

"*Via!* Se volete pestarvi fatelo pure ma non qui! *Andatevene!*" un coro si levò a darle ragione e i due vennero cacciati dalla festa proprio come avevano previsto.

Quando furono in prossimità della spiaggia non resistettero e scoppiarono a ridere lasciandosi cadere sulla sabbia umida.

Adam gli fu sopra ansimante e con il fuoco negli occhi disse "Ho visto come guardavi la piccola Mcfraiser, ti piaceva vero?" Sam lo baciò improvvisamente, gli tolse la maglia ed iniziò a toccarlo voracemente "Mi ecciti da morire quando sei geloso" poi fu l'estasi per entrambi.

Quei giorni meravigliosi e spensierati giunsero al termine, esattamente due giorni dopo quella splendida serata, fu convocato un Consiglio negli uffici del Comune.

Tutti i maschi dai sedici ai quarant'anni vennero chiamati a presenziare, era giunto il momento di conoscere un futuro dai risvolti spaventosi, un futuro che pretendeva vite da sacrificare.

Londra

(1940)

La lettera scivolò dalle mani di Christian, svolazzò per qualche istante e andò a posarsi sul tappeto nuovo della sua nuova piccola dimora.

Il labbro inferiore iniziò a tremare e un dolore sordo e dirompente gli occupò il petto togliendogli il fiato.

Guardò Alma, intenta a svuotare tutti gli scatoloni che, con pazienza, aveva depositato nella stanza allo scopo di svuotarli un po' per volta, e l'occhio cadde sul suo addome appena rigonfio; un brivido lo assalì improvviso, ma poi quella pelle d'oca che si andava propagando alla velocità della luce s'arrestò di colpo, lasciando il posto ad una strana pace che mal si addiceva alla situazione che si stava profilando.

Era passato solo un mese dal loro matrimonio, ma lei si era scoperta incinta non appena avevano trovato la casa.

Se dapprima quella dannata lettera lo aveva quasi costretto a piegare le gambe e a tremare per il futuro che gli si stava parando dinnanzi, ora gli sembrava una via di fuga dalla gabbia di quel matrimonio contratto per l'arrivo di un figlio, un figlio che sarebbe nato a guerra scoppiata.

Una guerra che lo stava chiamando a gran voce.

"Cosa c'è tesoro? Chi ti ha spedito quella lettera?" chiese lei osservando l'espressione del marito senza riuscire a decifrarla.

"È una chiamata Alma, l'esercito mi vuole."

Lei sgranò gli occhi, ancora accovacciata tra gli scatoloni, si avvicinò a carponi, raccolse la lettera dal tappeto e lesse quelle parole che le avrebbero strappato l'uomo dal suo giaciglio nuziale.

"Non è possibile che sia vero... " sussurrò sgomenta alzando il viso verso il marito.

La sua mano iniziò a tremare vistosamente, poi arrivarono le lacrime ed infine i singhiozzi.

Christian spinto da un sentimento di cui non era mai riuscito a far luce, fece la cosa giusta, si chinò la circondò con le sue braccia e la strinse a sé mormorandole poche parole.

"Finirà presto e io tornerò da te sano e salvo."

Fu una notte insonne per entrambi, Alma crollò alle prime luci dell'alba mentre Christian si accinse a preparare una sacca con il resto degli indumenti puliti.

Avrebbe dovuto presentarsi al quartier generale della

Compagnia Britannica prima delle otto, ma alle sei in punto si ritrovò seduto nel suo piccolo soggiorno fisso davanti alla finestra, già pronto per lasciare quella casa.

Era come se un macigno pesantissimo lo avesse abbandonato all'improvviso, lasciando che l'aria entrasse appieno nei suoi polmoni, gonfiandogli il petto, e la testa aveva preso a vorticare come una trottola, permettendogli finalmente di respirare fino in fondo.

Ma era stato il tumulto del suo cuore a fargli comprendere cosa stesse davvero succedendo, si era fatto strada in quella gabbia toracica stretta in una morsa possente, imbrigliata dalla mancanza di ossigeno, ed aveva preso a battere furiosamente come se si fosse risvegliato da un torpore durato troppo a lungo.

In realtà Christian aveva compreso quanto quella notizia lo avesse fatto sentire vivo.

Un miscuglio di emozioni si erano annidate dentro di lui e lo avevano stravolto a causa del conflitto che ne era scaturito.

Perché quella lettera, che aveva riletto decine e decine di volte, lo aveva così sedotto, così ammaliato, portandolo a pensare di essere malsano, poiché il suo desiderio recondito di fuggire si era davvero avverato? La risposta era semplice, ma lui non l'avrebbe mai accettata, perché se così fosse stato, avrebbe scoperto di essere l'uomo più meschino su questa terra.

E mentre il tempo, inesorabile, passava concedendogli ormai pochi istanti, partorì un pensiero buono, un pensiero di rinascita.

Qualsiasi cosa fosse successa, quel bambino sarebbe stato il suo frutto prelibato, il suo sangue amato, perché la nascita di una vita avrebbe avuto un valore inestimabile in ogni caso, anche se non voluta e non cercata, perché di fatto l'uomo che era diventato non avrebbe potuto tirarsi indietro.

In un battito di ciglia si fece l'ora, Christian si alzò e andò incontro ad Alma immobile sulla soglia della camera da letto.

"Non ti preoccupare, andrà tutto bene" disse in tono calmo e sommesso, lei scoppiò in lacrime e si avvinghiò al suo corpo.

"Perché il destino ha permesso questo?" chiese con voce rotta.

"Il destino non c'entra Alma, sono gli uomini a determinare gli eventi."

"Promettimi una cosa amore mio", chiese, staccandosi e fissando le sue iridi in quelle di Christian, lui attese in silenzio sentendosi un groppo in gola simile ad un tozzo di pane incastrato nell'esofago.

"Prometti di tornare da me *sempre*, qualsiasi cosa succeda, perché io non posso vivere senza di te e neanche il tuo bambino." Scandì le parole con una strana calma e attese la risposta di suo marito col fiato sospeso.

Passò un secondo, forse due, poi Christian le cinse le spalle, la baciò sulla fronte e disse "Lo prometto" quindi le accarezzò una guancia e si staccò senza più voltarsi.

Fece la rampa di scale saltando due gradini per volta, come se avesse il fuoco sotto i pesanti scarponi, poi s'incamminò in direzione della fermata del bus.

In quella breve attesa, prima dell'arrivo del mezzo, si domandò perché il suo corpo avesse reagito esattamente all'opposto di ciò che si era imposto nella sua mente, e la risposta che ne derivò gli lasciò un amaro sapore in bocca.

Nonostante l'orrore, la paura per il futuro a cui stava andando incontro, non poté esimersi dal constatare che, dal momento in cui era uscito da quella porta, si era immediatamente sentito più appagato di quanto non lo fosse stato negli ultimi tempi, e questo pensiero lo schiacciò così tanto da indurre i suoi sensi di colpa a farsi insopportabili.

Come avrebbe potuto mantenere quella promessa appena fatta, sapendo quello che stava provando nello stesso istante in cui era uscito da quella casa, da quel matrimonio e da Alma?

L'unico motivo che lo avrebbe costretto a tornare sarebbe stato sicuramente quel piccolo essere non ancora formato, ma che presto si sarebbe trasformato nel sangue del suo sangue: suo figlio.

Il bus si arrestò proprio di fronte a lui, con uno sbuffo le porte si aprirono permettendo a Christian di salire e di andare incontro al suo destino.

Un destino che lo avrebbe ingoiato, un destino beffardo e spaventoso ma anche ricco di avvenimenti straordinari.

Oban – Scozia

(1940)

Il silenzio regnava sovrano in quella piccola stanza dove, coloro i quali, erano stati inseriti in quella lista pervenuta nel piccolo Comune, si erano radunati da poco, solo il ritmo dei sospiri spezzava di tanto in tanto quell'assenza di rumori.

Erano in undici e Sam era uno di loro.

Quando lo aveva saputo aveva dovuto affrontare la nottata più terrificante della sua vita, Adam lo aveva sconvolto fino al punto di desiderare che sparisse, che si sciogliesse, pronto ad invocare un sortilegio affinché cessasse gli sproloqui che erano usciti a raffica da quella bocca trasformatosi in un inferno bruciante.

E non erano serviti a niente i tentativi attuati per calmarlo, per farlo ragionare, perché la sua mente sembrava essersi perduta in un oblio senza ritorno, dal momento in cui aveva saputo della chiamata di Sam.

Era bastata una notte per assillarlo di dubbi riguardo ad Adam eppure si sentì quasi in colpa per ciò che aveva, per un breve attimo, provato dentro di sé. Ne era sempre stato innamorato, ma quel suo comportamento esternato la notte scorsa, lo aveva colto di sorpresa.

In un battito di ciglia aveva quasi avvertito un conato, come se avesse avuto un cappio intorno al collo e si fosse accorto all'improvviso che si era fatto più stretto fin quasi ad impedirgli il normale afflusso dell'ossigeno.

Adam era stato imperdonabile.

Lo aveva minacciato obbligandolo a fuggire per evitare di essere chiamato sotto le armi, poi non ottenendo conferma, era passato alle maniere forti ricattandolo spudoratamente.

"Se parti allora significa che non mi ami!" gli aveva sbraitato contro con la saliva che si era fatta quasi schiuma.

E poi si era accasciato come un sacco vuoto in preda agli spasmi e ai singhiozzi, cercando un contatto che Sam non gli aveva dato, e tutto perché lui non era stato inserito in quella stramaledetta lista, in quanto era stato considerato dalle autorità quale capo-famiglia con l'obbligo di sostenere sua madre e i suoi fratelli più piccoli.

Era stata questa, dunque, la fiducia che riponeva in lui e che aveva sempre avuto circa i sentimenti che provava?

Com'era stato possibile annullarsi completamente senza avere la forza di riconoscere che non avrebbe potuto chiedergli di disertare ancora prima di combattere? E soprattutto farlo in quel modo, come se contasse solo la sua volontà?

Adam con quel suo portamento maestoso e quelle spalle larghe e massicce aveva profondamente deluso Sam, perché di fatto tutta quella forza, quell'energia che gli aveva sempre riconosciuto, erano svanite in un soffio, lasciando solo il posto ad una fragilità celata e mai rivelata prima.

Un pezzo di cristallo risplendente e abbagliante, ma anche debole, frangibile e delicato.

"Non è giusto che tu mi parli così" gli aveva detto Sam prima di andarsene "sei andato troppo oltre Adam, non avresti dovuto farlo!" aveva concluso, e poi se n'era andato senza più voltarsi.

E mentre si allontanava dal posto privato, teatro di tutti i loro incontri passati e furtivi, Sam provò una rabbia inspiegabile che nasceva dal profondo, una rabbia mai placata, una rabbia ereditata fin dalla nascita che abbracciava tutto il suo essere: nessuno, neanche Adam, avrebbe potuto privarlo del bene più prezioso al mondo: la sua libertà di scelta, il suo libero arbitrio.

Per essa avrebbe ucciso, massacrato e depredato chiunque si

fosse messo sulla sua strada.

E nonostante di tanto in tanto ripensasse al naufragio e a quell'abisso nero che lo avrebbe certamente trasformato in un cadavere, non poté esimersi dal pensare che forse, oltre al pensiero di Adam, fosse stata anche la sua forza a salvarlo, la sua voglia di vita.

Certo la guerra sarebbe stata un fatto serio e devastante per lui, ma il pensiero di andarsene da quel borgo dimenticato da Dio e di varcare le porte di Londra, lo stava inondando di una strana bramosia, procurandogli emozioni mai provate prima, emozioni in netto conflitto fra loro.

Il caos regnava ovunque, le strade di Londra parevano fiumi umani, fatti di esseri disperati in cerca di un buco in cui nascondersi. La gente aveva paura e scappava dove poteva. La notizia che presto la città sarebbe stata bombardata dai tedeschi era circolata improvvisamente, dato che la guerra era scoppiata da poche ore.

Nonostante fosse stato diramato, via radio, un messaggio che invitava tutta la popolazione a mantenere i nervi saldi, gli inglesi avevano reagito fuori misura, creando una serie di grossi problemi alle reti di viabilità.

I tunnel della metropolitana avevano iniziato a riempirsi pericolosamente, gli addetti ai lavori avevano deciso immediatamente d'interrompere l'elettricità cosicché la gente, riversatosi, in prossimità delle rotaie, non avesse rischiato di ferirsi o addirittura di morire.

La Stazione traboccava di bagagli, borse, e sacchi di ogni tipo riposti a casaccio sui carrelli, il cui spostamento stava iniziando a diventare impraticabile, a causa dell'enorme perso degli stessi.

Un convoglio attendeva sul binario dedicato alle forze militari, sarebbe presto partito per giungere nel luogo di prelievo e riempirsi di tutte le nuove reclute provenienti dal nord.

Le lettere di chiamata erano state recapitate giorni addietro in tutti i distretti e uffici comunali dislocati in tutta la Gran Bretagna e la Scozia, proprio per preavvisare coloro i quali avrebbero preso servizio nell'esercito.

La destinazione del convoglio era stata finalmente decisa, si trattava di una zona desolata, una sorta di villaggio ubicato a nord di Inverness. Lì raggruppati come un gregge di pecore abbandonate a sé stesse, stazionavano le reclute provenienti dalle zone più remote del Nord della Scozia.

Tra quei ragazzi, giovani e inesperti, perlopiù destinati a zappare la terra e a coltivare avena ce n'era solo uno che era in trepidante attesa: Sam Mclower, orfano di entrambi i genitori e allevato dalla nonna, unica parente ancora in vita.

Se ne stava ritto in piedi in attesa di ricevere gli indumenti che i soldati stavano impilando in una sorta di contenitore, dove poi sarebbero stati prelevati.

Aveva il cuore in tumulto per aver lasciato Adam in malo modo, tuttavia era ben conscio che la sua vita apparteneva solo e soltanto a lui, pertanto aveva il diritto di dirigerla dove meglio credeva.

"Ragazzo!" la voce stridula di un soldato piuttosto basso e dai capelli rossicci lo raggiunse, Sam lo guardò per capire se la chiamata fosse diretta verso di lui.

"Sì proprio tu" disse di nuovo il soldato, quindi Sam si avvicinò senza dire nulla, e attese le istruzioni.

"Prendi la divisa, scrivi il tuo nome sulla targhetta che trovi nella tasca, poi indossala subito e dirigiti assieme agli altri, il convoglio è partito e sarà qui in breve tempo, dobbiamo fare presto!" sbraitò sbattendogli il vestiario in mano.

"Sì signore" replicò Sam e fece ciò che gli aveva ordinato.

Passarono alcune ore poi il treno fece la sua comparsa, impiegò qualche minuto per giungere in quella remota stazione, poi si arrestò con un stridulo fastidioso che costrinse Sam a tapparsi le orecchie con le mani.

Il soldato dai capelli rossi si posizionò davanti a loro e li costrinse ad allinearsi in una fila ordinata, quindi urlò un attenti che tutti eseguirono.

L'uomo che scese dal treno, affiancato a sua volta da altri due uomini in divisa, li raggiunse, fissando lo sguardo con attenzione sulla maggior parte di loro.

"Sono queste le reclute?" chiese Jordan Freemont in tono fermo, aprendo un dispaccio che gli avevano appena consegnato, "Sì signore" rispose il soldato dai capelli rossi.

Il graduato fece una rapida carrellata, incurvò le labbra in segno di disgusto, quindi disse "Sono solo buoni per zappare la terra. Li useremo per allestire il campo base, giusto a pochi chilometri da Londra." Nessuno fiatò tranne il soldato dai capelli rossicci, quello che li aveva allineati.

"Le scorte di medicinali sono già arrivate sul posto, tenente colonnello?"

L'uomo si girò, fissò i suoi grandi occhi neri in quelli celesti del soldato e lo ammonì "Si presenti soldato, prima di parlare!"

"Mi scusi tenente colonnello, Paul Kunningam signore... ehm il mio nome."

L'uomo scosse il capo, lo sguardo eloquente fece intendere a tutti i presenti che il presidio in cui si trovava non era certo ordinario per una situazione di guerra, in fondo anche quei ragazzi appena reclutati non lo erano, dato che fino a qualche giorno prima, probabilmente, non avevano fatto altro che vangare terra e raccogliere patate.

"Ordini ai suoi uomini di salire sul treno, e per quanto riguarda le scorte, sono giorni che stazionano all'interno dei loro contenitori."

Il soldato eseguì gli ordini, e nel giro di pochi minuti tutte le reclute si sistemarono all'interno degli scompartimenti.

Sam trovò posto di fianco ad un ragazzo massiccio dalla barba incolta, se ne stava seduto in malo modo ed aveva uno sguardo vacuo, Sam schiarì la voce prima di parlare poi disse "Sarà un lungo viaggio, sei comodo?' quello si girò e gli rispose senza mezzi termini "No, e poi ho freddo."

Sam incredulo e stupito, si tolse la giacca e gliela mise sulle spalle.

"Tieni, io posso farne a meno per ora."

"Grazie" rispose ammiccando, ma non riuscì a controllare lo spasmo che gli attraversò il corpo massiccio e muscoloso.

L'occhio di Sam cadde sulle sue mani che avevano iniziato ad essere percosse da un tremito, e allora capì tutto, quel ragazzo aveva solo paura.

Solo paura.

E cos'era in fondo la paura? Spesso si era chiesto se fosse quel momento in cui credi di morire, come era successo a lui mentre scivolava in fondo agli abissi inghiottito da quel nero glaciale, oppure quando aveva rischiato di essere scoperto in compagnia di Adam mentre facevano l'amore nel fienile, oppure ancora quando aveva pensato di confessare la sua diversità al villaggio, perché angosciato dal tumulto di emozioni che ne erano scaturite, dal momento che aveva scoperto che preferiva amare i ragazzi, ma i dubbi erano rimasti, dubbi che non sarebbe mai stato in grado di risolvere.

Era il suo carattere a non permetterglielo.

Sam era impavido, ardito, tenace e maledettamente cocciuto e, da vero scozzese quale era, si lanciava a capofitto in ogni impresa in modo sanguigno, senza considerare le conseguenze che, ovviamente, talvolta avrebbero potuto essere devastanti.

Ed ora si profilava una guerra mondiale, la cui portata sarebbe stata spaventosa, pertanto era naturale provare paura come stava facendo il suo vicino di posto, eppure in Sam prevaleva la smania di conoscere luoghi e persone lontani dal villaggio in cui era venuto al mondo, quasi fosse un desiderio infantile mai confessato.

Ad un tratto si chiese se non fosse stato un idiota a non preoccuparsi di essere stato reclutato, come invece aveva cercato di fargli capire Adam, ma quel pensiero se ne andò alla velocità della luce, così com'era nato, perché lui non avrebbe potuto comunque farci niente se la paura non fosse comparsa nel suo cuore, probabilmente ne era immune o forse no, forse si trattava davvero di stupidità.

Prevaleva la curiosità, la voglia di vedere e conoscere, ma soprattutto era il sapore inebriante della libertà che gli annebbiava il cervello, una libertà agognata, sognata, desiderata fin da quando era bambino.

Improvvisamente sentì un torpore risalirgli lentamente dall'addome, quindi arrivò al collo per poi concentrarsi sugli occhi, il movimento inconsueto di quel treno lo fece scivolare in un sonno profondo obbligando le sue palpebre ad arrendersi, e fu in un battito di ciglia che si addormentò come un sasso, dimentico del luogo da raggiungere, dove avrebbe scoperto che la vita non sarebbe stata affatto paragonabile a ciò che aveva vissuto fino ad allora, sarebbe stata molto, molto di più.

E mentre il convoglio viaggiava ordinario ad una velocità misurata, costringendo la maggior parte degli occupanti a sonnecchiare, cullati dal movimento del treno, in quel cielo plumbeo minaccioso e glaciale comparvero improvvisamente due aerei da caccia.

Non ci fu nemmeno il tempo di un sospiro, le bombe raggiunsero il convoglio provocando un boato assordante.

I primi due vagoni scoppiarono all'istante, spezzando l'asta d'acciaio che teneva uniti i restanti convogli ormai destinati a deragliare; contemporaneamente lingue di fuoco alte decine di metri iniziarono a sollevarsi, rilasciando una nuvola di fumo nero pericoloso e soffocante.

Grida di terrore si levarono in quel caos infernale di morte, ma durarono poco, in quanto i due caccia ritornarono sul posto, sferrando un nuovo e devastante bombardamento.

Cinque minuti, poi l'unico rumore che si udì fu il crepitio delle fiamme, accompagnato da scoppi di media portata in prossimità della cabina del macchinista.

Decine di cadaveri carbonizzati giacevano sia all'interno dei vagoni e sia sul terreno limitrofo, ancora fumanti dal fuoco assassino.

Gli ultimi due vagoni che non erano ancora stati raggiunti dal fuoco, erano però anneriti dal fumo potente che aveva invaso l'interno, soffocando la maggior parte di quei ragazzi.

Il soldato dai capelli rossi aprì gli occhi e guardò lo scempio del suo corpo. Non seppe spiegare il motivo per cui non fosse ancora morto, dato che non vedeva più le sue gambe, ormai distrutte dalla bomba.

Il ragazzo massiccio che sedeva di fianco a Sam giaceva riverso su quello che era rimasto del sedile, aveva il cranio sfondato e l'addome schiacciato tra i sedili, eppure qualcosa si mosse di fianco a lui.

Una mano comparve da sotto e cercò un appiglio a cui aggrapparsi, tremò, sbatté a destra e a manca, poi trovò l'appoggio e lo agguantò immediatamente.

Un corpo insanguinato emerse da quel buco, si fece spazio e strisciò lungo il corridoio ridotto ad un colabrodo, aveva entrambe le gambe ferite ed un braccio penzolante.

Il corpo apparteneva a Sam Mclower.

Strisciò a lungo fino a quando non si trovò davanti al soldato dai capelli rossi, proprio in quel momento egli emise l'ultimo respiro sgranando gli occhi ed aprendo la bocca, cercando l'ultima aria rimasta, poi morì sotto ai suoi occhi.

Sam deglutì e alzò il viso oltre, ad un tratto si accorse che altri corpi si stavano muovendo, qualcuno era ancora vivo e cercava disperatamente di uscire dal convoglio per non soffocare.

Rantolò passando di fianco al corpo del soldato ridotto ad un ammasso di carne e sangue, eppure non si fermò, anzi, trovò la forza di continuare, fino a raggiungere il varco aperto ormai ridotto ad una lamina spiegazzata.

Campo Base a sud di Londra

Un odore acre di carne bruciata aleggiava nell'aria come fosse stata condensa, i lamenti e le urla non cessavano nemmeno un istante, solo i moribondi, prossimi alla dipartita, non avevano ancora avuto la forza di emettere un gemito.

Londra era stata bombardata da due giorni e in quel campo allestito all'interno di un capannone nascosto sotto un fitto bosco, il personale preposto alle cure e all'assistenza dei feriti, si trascinava ormai da giorni per mancanza di sonno e di riposo.

Una sezione isolata ospitava i feriti non gravi ma

completamente immobilizzati.

Christian varcò la soglia con una pila di bende pulite tra le braccia, si guardò in giro e si diresse accanto al letto di un giovane le cui gambe erano state ferite da una bomba.

Le stecche fissate le avevano rese rigide, per dar modo alle ossa di ricongiungersi perfettamente, ma l'infezione che si era propagata non aveva ancora cessato il suo effetto.

Per giorni la febbre aveva reso inerme quel giovane, facendogli perdere i sensi e nei pochi momenti di lucidità le sue farneticazioni non avevano aiutato nessuno degli assistenti, solo Christian aveva avuto la pazienza di non abbandonarlo alle sofferenze e di continuare a cambiargli le medicazioni.

Meno impegnativo era stato il braccio lussato, che aveva prontamente fissato con una robusta benda, fasciandogliela attorno al torace per farlo aderire in modo da evitare che penzolasse pericolosamente.

In fondo gli era andata bene, solo lui e altri tre giovani si erano salvati dalle lamine spiegazzate di quel maledetto treno, primo obiettivo di un bombardamento improvviso che non era stato previsto.

Era arrivato da una settimana e nessuno aveva scommesso su di lui, dato che l'infezione si era propagata così in profondità da costringere quasi il medico ad optare per un'amputazione.

Ma poi, grazie a dosi di antibiotici iniettati nel sangue, il ragazzo aveva reagito bene e l'infezione era scemata, lasciando ancora qualche strascico della sua permanenza.

"Ciao come ti senti?" chiese Christian, vedendolo sveglio e vigile quasi per la prima volta da quando lo stava assistendo, il ragazzo sgranò gli occhi, mosse nervosamente la testa cercando di farsi forza per alzarla al punto da vedersi disteso nel letto.

"Calmati, le tue gambe sono rotte come puoi vedere, ma ritieniti fortunato di averle ancora attaccate" aggiunse Christian in tono grave.

Il ragazzo deglutì poi finalmente la sua voce uscì.

"Aye... non le sento però, sei sicuro che il sangue circoli?" Christian scoppiò a ridere sia per il forte accento scozzese e sia per l'improbabile domanda.

"Sicuro credimi, ti chiami Jonathan Mcdowell, vero?" il ragazzo incurvò le labbra in una specie di smorfia.

"No, il mio nome è Sam Mclower, tu sei un medico?" Christian produsse uno strano suono gutturale con la gola, simile ad uno scoppio, poi lo sproloquio uscì senza controllo.

"Cazzo!" quindi gli girò le spalle e sparì dalla sua vista.

Sam restò a bocca asciutta, si limitò a scuotere la testa e a cercare di rimettere in ordine il suo cervello che al momento gli sembrava un organo completamente estraneo e staccato dal suo corpo, dato che non era in grado di restituirgli chiaramente ciò che era accaduto nell'ultima settimana.

Ma i ricordi nitidi sarebbero giunti presto, così come una

notizia che gli avrebbe stravolto l'esistenza.

Il graduato giaceva indisturbato tra le scartoffie giunte quel giorno, accatastate alla rinfusa sopra un piano di legno grezzo che fungeva da scrivania, Christian pallido in volto entrò con passo veloce attirando l'attenzione dell'uomo.

"Capitano abbiamo un problema", disse, cercando di mantenere un tono calmo per mascherare la sua preoccupazione.

"Cosa c'è ancora? Ho un fascicolo stracolmo di problemi! Le derrate, i farmaci, le coperte, gli ordini, sto letteralmente impazzendo, coraggio sputi il rospo e facciamola finita!" sbraitò tutto concitato.

"La lista dei caduti sul treno, quella che ha consegnato al medico, non è corretta."

"Non capisco, in che senso non è corretta?", Christian chinò il capo timidamente poi rese parola i propri dubbi circa l'accaduto.

"Il nome di Sam Mclower risulta deceduto."

Il graduato sparpagliò con foga i documenti, poi sospirò sollevato, dato che la lista se ne stava accatastata nella pila proprio davanti a lui.

"Mm... sì eccolo! Sam Mclower deceduto, le confermo il fatto, anche perché abbiamo trovato la targhetta nella tasca della divisa che portava, inoltre abbiamo già provveduto ad informare i parenti, benché avesse solo una nonna anziana nel suo lignaggio, e comunque la salma sigillata in una bara è già stata fatta pervenire tre giorni fa. Credo che a quel poverino abbiano anche già espletato le esequie del caso, pertanto la questione è chiusa, probabilmente si sbaglia."

Christian divenne ancora più pallido.

"Allora mi spieghi perché quel giovane che ha ripreso lucidità dopo una settimana di febbre terrificante, sostiene di essere

Samuel Mclower !" Il graduato cambiò colore poi mestamente rispose

"Non me lo spiego, mi auguro solo che... "

"Non si sia verificato un errore d'identità" lo anticipò Christian mordendosi il labbro.

"Già, in questo caso sarebbe una vera e propria tragedia, e chi sarebbe l'altra recluta coinvolta? "

"Jonathan Mcdowell. "

"Mi lasci del tempo per pensare, intanto faccia finta di niente, lo chiami col nome che le ha detto e cerchi di tenere la bocca chiusa. Questa cosa, al momento non deve trapelare, soprattutto adesso che ho appena ricevuto delle pessime notizie! Ora vada, la congedo" concluse il graduato.

"Sì signore" replicò Christian, deglutì girò i tacchi e lasciò la stanza.

Si profilava un problema dai risvolti inquietanti per quel

giovane immobilizzato a letto, i cui parenti e amici avrebbero pianto un corpo che giaceva nella terra fresca, senza conoscerne veramente l'identità.

Ma c'era chi non avrebbe mai potuto placare una sofferenza così atroce, cercando un modo definitivo per far cessare quell'agonia che aveva iniziato a perforargli il cuore, il suo nome era Adam.

Cimitero di Oban - Scozia

Il vento aveva cessato all'improvviso di soffiare.

Sembrava che l'Onnipotente avesse deciso d'interrompere il normale ciclo naturale degli agenti atmosferici, poichè il silenzio sinistro che si era levato e la calma piatta di un mare sempre in burrasca, sembrarono eventi fuori dall'ordinario.

Un' ombra si stagliava coprendo la fresca lapide, che da qualche giorno era stata eretta per ricordare il giovane Sam Mclower, perito in un bombardamento a pochi giorni dal reclutamento.

L'ombra si lasciò cadere in ginocchio trasformandosi in un vero e proprio corpo, abbracciando la gelida pietra con braccia possenti, manifestando la propria sofferenza solo quando tutti, ormai, avevano fatto ritorno alle loro case.

Aveva atteso questo momento con le viscere pronte a scoppiargli dentro, perchè ciò che aveva deciso di fare comportava un coraggio che lui non possedeva, e allora avrebbe dovuto cercarlo dentro di sè per riuscire a mettere in atto i suoi propositi, propositi che lo avrebbero scaraventato all'inferno.

Era più che mai vivo in lui quel momento appena passato, quando un graduato, giunto in treno a Oban nel cuore della notte a causa del rischio bombardamenti, aveva scaricato la bara di legno scadente ormai sigillata per sempre, sopra ad un vecchio carrello arrugginito, e l'aveva consegnata a lui, l'unica persona in grado di trasportare un peso di quel genere.

Erano venuti in quattro a chiamarlo dopo aver ricevuto la

notizia tramite una telefonata fatta pervenire negli uffici del Comune, dato che nell'abitazione di Sam il telefono non esisteva, e quello che era successo, era rimasto loro stampato nella mente come un sigillo indelebile.

Adam era impallidito, si era portato le mani al viso ed era scoppiato in un pianto convulso afflosciandosi a terra, poi non riuscendo a contenere gli spasmi che erano risaliti dalle gambe, era caduto in preda a convulsioni, costringendo Paul a farsi avanti per tentare di spegnere quella reazione fuori dalla normalità.

Si erano guardati tutti attoniti, come se avessero intuito qualcosa d'inspiegabile, certo l'effetto era stato forte, ma forse lo era stato troppo, un uomo del loro stampo non avrebbe mai potuto lasciarsi andare in quel modo, e Adam avrebbe dovuto comportarsi come uno di loro.

"Fatti forza Adam, cerca di ricomporti, io... non ti ho mai visto in queste condizioni" aveva esclamato Paul, Adam si era calmato improvvisamente, lo aveva fissato in volto e aveva detto "Era come un fratello per me... "

"Lo so, ma adesso devi venire."

Si era alzato, aveva preso un panno pulito e si era asciugato il viso, poi assumendo quell'aria di sempre, si era portato verso l'ingresso ed aveva esclamato "Vado a prenderlo da solo, voi aspettatemi qui."

Nessuno aveva proferito parola e Adam aveva preso la strada diretto alla stazione.

E mentre lo andava a prendere l'eco delle parole che gli aveva urlato contro prima che partisse, gli rimbombarono nella tempia provocandogli fitte di dolore.

Glielo aveva detto, glielo aveva ripetuto fino a sfinirsi di non partire, di fuggire, ma lui non aveva nemmeno preso in considerazione le sue preghiere ed era partito, senza sapere che dietro l'angolo la morte lo avrebbe ingoiato nel giro di pochi attimi.

E adesso cosa gli restava?

Gli restava un corpo freddo, lacerato, chiuso in una bara sepolto sotto due metri di terra.

Dopo un lasso di tempo infinito Adam lasciò la presa su quella lapide e si alzò.

Restò ancora qualche minuto nel camposanto di fronte alla baia, respirò a pieni polmoni poi pronunciò solo poche parole.

"Sto arrivando Sam, presto saremo di nuovo assieme", quindi lasciò quel luogo, si diresse a grandi passi in direzione del sentiero che lo avrebbe portato in cima al dirupo, sul cui fianco l'anfratto roccioso che era stato il loro intimo ritrovo, si affacciava eterno.

Arrivato nei pressi di quel luogo, teatro celato dei passati incontri, Adam ebbe un mancamento.

Non fu tanto per l'angoscia simile ad un macigno che gli

attanagliava lo sterno fino a togliergli il respiro, fu piuttosto l'illusione allucinante di vederselo davanti, sdraiato sul suo plaid in attesa del suo contatto, fu proprio quell'immagine a devastarlo completamente.

Non ci sarebbe più stato un momento come quello, non lo avrebbe mai più vissuto e non avrebbe mai più sentito la sua voce, nè annusato il suo splendido aroma.

Non ci sarebbe più stato niente!

Col groppo in gola e le lacrime agli occhi si arrampicò sulla roccia sporgente, quella che dava proprio sulla baia, quindi allargò le braccia.

Il vento gli frustò il viso e avvolse il suo corpo in un abbraccio totale.

Adam fissò le sue iridi verso quel panorama mozzafiato che gli si stagliava davanti, cristallino, immacolato, quasi meraviglioso nella sua immensa grandezza, e per un istante le gambe gli tremarono.

Ma fu solo un fugace attimo, egli prese aria per l'ultima volta, si sporse in avanti e saltò verso il dirupo.

Spiccò il volo tenendo le braccia tese e allargate, un tempo infimo separò quel corpo, simile alla caduta di un angelo, dalla roccia dura dell'impatto, poi fu solo il nulla per lui, solo il nulla.

Campo Base

Le parole del Capitano riecheggiavano nella mente di Christian così sonoramente che non s'accorse di aver imboccato il corridoio di fronte alla stanza in cui era ricoverato Samuel Mclower, ossia l'oggetto dei suoi pensieri, e dal momento che avrebbe dovuto tacergli una tragica verità, si auspicò di essere in grado di mentire, e di mentire bene.

"Perchè sei sparito in quel modo?" chiese il ragazzo, alzando il tono per farsi sentire, Christian si voltò e lo fissò come se si accorgesse in quel momento di essergli di fronte.

"Scusa ho mille cose per la testa, comunque come ti senti?"

"Bah... dato che sono sveglio da circa mezz'ora, avrei qualche domanda da farti."

Christian iniziò a sudare ma allargò le braccia in segno di attesa.

"Camminerò ancora?" chiese con voce rotta.

"Senza ombra di dubbio."

"Cosa è successo...veramente su quel treno?"

"Siete stati bombardati all'improvviso, nessuno se l'aspettava, sei stato fortunato ad essere ancora vivo."

Sam mandò giù un groppo di saliva che si era accumulato all'improvviso.

"Quanti si sono salvati tra quelli che... "

"Siete solo in quattro, ma tu sei quello messo meglio" lo anticipò tagliando corto.

"Credo che Dio abbia voluto risparmiare la mia vita per un disegno, a me, sconosciuto", disse Sam prendendo fiato, "spero solo di essere in grado di rendermi utile, non desidero tornare a casa senza aver nemmeno provato a combattere" concluse scuotendo il capo.

A quelle parole Christian ebbe un sussulto.

Una cosa era certa, non avrebbe nè dovuto, nè potuto andarsene a casa dopo quello che era successo, pertanto sarebbe stato saggio parlare col Capitano allo scopo di trovare un modo per risolvere il problema.

"Sono certo che avremo la nostra occasione, anch'io come te sono stato appena reclutato e come vedi il mio modo di combattere non ha nulla a che fare con le armi. Sono i farmaci i miei alleati, e se con te faccio un buon lavoro per me sarà già una grande vittoria."

Sam si lasciò sfuggire un sorriso "Aye, ben detto. Come ti chiami amico e da dove vieni?"

"Vengo da Londra e il mio nome è Christian Lancaster, è un piacere conoscerti Samuel Mclower." Allungò la mano verso di lui e strinse quella dello scozzese con vigore e forza.

Per una frazione di secondo quel contatto senza importanza provocò in Christian una reazione inspiegabile, benché la mano dello scozzese scottasse, un calore diverso, sconosciuto, lo avvolse tutto, come se gli fosse entrato nel sangue.

Incontrò i suoi occhi e fu come se un imbarazzo evidente diventasse solido e si materializzasse davanti a sè, allora si staccò all'improvviso col cuore a mille chiedendosi cosa gli fosse successo.

"Sei... caldo" disse solo "forse hai ancora febbre" mormorò con un filo di voce.

"Aye... forse è così" replicò Sam avvertendo quel cambio d'atmosfera e provando nel contempo un timore recondito.

Non avrebbe potuto rivelare a chicchessia la sua natura,

figuriamoci ad una recluta, sicuramente etero, che lo stava curando come meglio poteva, anche se c'era stato qualcosa che, anche lui, aveva avvertito durante quel contatto, qualcosa che sarebbe stato meglio scordarsi subito.

Christian si allontanò dal letto, alzò la mano in segno di saluto e sparì dalla sua vista.

Non passò che una mezz'ora e venne chiamato dal Capitano.

Quando varcò la soglia di quella stanza adibita a ufficio, il graduato gli fece segno di avvicinarsi, quindi disse "È arrivata la sua posta, la legga subito, ho bisogno di parlarle di un problema che sicuramente ci darà del filo da torcere."

"Sì signore" replicò Christian, poi fece quanto ordinato.

La lettera di Alma era esattamente come tutte le altre appena ricevute, diceva che stava bene e che la sua pancia cresceva a dismisura, informava anche che il bunker di suo padre era sicuro durante i bombardamenti, pertanto non avrebbe dovuto preoccuparsi nè per lei nè per il bambino.

Spiegava, inoltre che aveva deciso che per tutta la gravidanza sarebbe rimasta a casa dei suoi, in modo da avere conforto e compagnia, diceva anche che ogni notte lo sognava di fianco a lei e che sentiva profondamente la sua mancanza, nonostante fosse lontano solo un centinaio di miglia. La lettera si chiudeva con una sfilza di piccoli disegni che parevano riprodurre delle labbra appena accennate, come se quei baci di carta avessero potuto, in qualche modo, raggiungerlo.

Christian la piegò e la rimise nella busta poi se la mise in tasca sospirando.

Il Capitano alzò il viso e lo guardò "Spero siano buone notizie..." non era una domanda, tuttavia avrebbe comunque preteso una riposta dato che il suo sguardo non si era abbassato.

"Sì signore, tutto bene, grazie."

"Ottimo, so che è sposato da poco, una vera fregatura durante la guerra non crede?" domandò cercando di sciogliere quel cruccio che si era stampato sul viso di quel ragazzo subito dopo averla letta.

"Già" replicò Christian, solo ed esclusivamente per dargli corda: in realtà lui non sentiva affatto la mancanza del sesso con Alma, anzi era quasi una liberazione non dover sopportare le sue avances, ma sapeva anche che quel tipo di reazione non avrebbe potuto considerarsi normale.

E non era una novità per lui.

Oltretutto Alma non aveva mai avuto nessuna colpa, possedeva un corpo sensuale ed aveva sempre avuto tutte le curve al posto giusto, mostrando una sensualità molto evidente, il problema era sempre e stato solo lui.

Anche con le altre ragazze era successo, e l'unica spiegazione che aveva sempre dato a quella mancanza di impeto, desiderio e prestanza, era stata che non sapeva esattamente come fare a lasciarsi andare. Il suo costante e metodico controllo su tutto gli aveva regolarmente impedito di godere, non avrebbe mai provato quelle emozioni tanto bramate, volute, desiderate, se non avesse risolto quel problema.

"Si sieda." La voce del Capitano lo riscosse dai suoi pensieri.

"Sì Capitano" rispose di getto accomodandosi di fianco a lui.

Il graduato aprì una mappa e la distese per bene sul tavolo.

"Avremo in consegna un carico speciale, il cui contenuto non può esserci rivelato, arriverà dalla costa francese per essere traghettato oltre il canale della manica. C'è un obiettivo segreto il cui scopo riveste un'importanza strategica per noi. Non posso dire nulla in proposito, posso però affermare che la problematica del trasporto è stata affidata a noi."

 Christian corrugò la fronte "Ma... il canale è largo più di trenta chilometri" esclamò poi, "Trentaquattro dalla costa di Dover, per essere precisi!" aggiunse il Capitano "non solo, abbiamo necessità di studiare un modo di attraversarlo che prenda in considerazione solo il buio."

Nel momento in cui il graduato fece quell'esternazione il segnale del codice d'intermittenza si attivò, il capitano prese carta e penna e si mise a tracciare linee e punti per interpretare il morse, pochi istanti e il messaggio venne alla luce:

-- .- .-. .   -... .-.. ..-

MARE   BLU

"Accidenti" gracchiò "questa non ci voleva, devo partire immediatamente" e alzandosi fece cadere una pila di fogli sul pavimento.

Christian si apprestò a raccoglierli, ma il graduato schiarì la voce per avere la sua attenzione immediata "Lancaster mi ascolti attentamente! Si occupi dei feriti e continui a fare quello che sta facendo, non faccia trapelare ciò che è appena successo, il mio viaggio non deve destare preoccupazioni, ha capito ciò che le ho detto?"

"Perfettamente signore."

"Bene, mi farò vivo io e se nel frattempo qualcuno chiede di me, dica semplicemente che non sa nulla."

"Lo farò signore." Il capitano prese la sacca, s'infilò la giacca della divisa e sparì dalla sua vista.

Christian uscì dall'ufficio, si diresse nell'ala che ospitava il letto di Samuel Mclower; il suo assistente era intento ad imboccarlo cercando di stargli dietro, visto il grande appetito che lo scozzese manifestava.

"Aye, ma questa roba non mi sazia, ce ne vorrebbero altri sei piatti per impedire al mio stomaco di brontolare!", il soldato si accigliò e rispose con tono piccato "E secondo te dovremmo andare a rubare per avere tutto quel cibo a disposizione?"

"No certo, ma la vostra brodaglia è un tantino leggera per me" continuò Sam.

L'assistente sbuffò e depose il secondo piatto sul vassoio girandosi di lato, proprio in quel momento si accorse di Christian, sul cui volto si era appena dipinta un'espressione quasi divertita.

"Lascialo a me, vai pure. Ci penso io a lui" ordinò.

"Sì dottore" replicò l'assistente alzandosi improvvisamente, per poi dileguarsi in un battito di ciglia.

"Vedo che ti stai riprendendo" chiese Christian, lo scozzese sorrise inaspettatamente.

"Aye, allora è vero che sei quasi un dottore" rispose, Christian fece una smorfia.

"Quasi, mi sarebbe piaciuto esserlo del tutto." "Cosa ti ha fermato?" domandò Sam, incuriosito dalla strana espressione che si era dipinta sul viso di quel quasi-dottore, attese un istante poi la voce arrivò.

"È stata la vita che ha scelto per me." Il tono divenne sommesso senza che lui se ne accorgesse, ma non fu così per Sam, al quale non sfuggì la sfumatura della sua voce.

"Non hai avuto scelta?"

"Forse, ma ora non ha più importanza, ciò che è fatto è fatto" concluse prendendo una sedia per accomodarsi di fianco a lui.

Per un attimo non si capacitò di come le parole gli fossero uscite, sembrava strano ma gli veniva naturale parlare con Sam, probabilmente era dovuto a quel segreto che avrebbe dovuto nascondergli, o forse no, forse gli era semplicemente simpatico.

"Io invece ho voluto scegliere", disse tutto d'un tratto lo scozzese, "e per poco non vado al camposanto! Eppure... non sono pentito, non desidero avere rimpianti nella mia vita, sono pericolosi e spesso fanno perdere il senno, probabilmente non sono morto perchè sono destinato ad altro."

Christian lo guardò restando in silenzio, c'era qualcosa in lui che lo catturava, che non gli permetteva di distrarsi mentre gli parlava, era come se emanasse una sorta di potere ipnotico da quei grandi occhi color del cielo che si ritrovava.

"E tu? Sei sicuro che l'Onnipotente non avesse un altro disegno per te?" rincalzò Sam.

"Sono sicuro, se così fosse stato non mi sarei ritrovato, nel giro di pochi mesi, sposato con un figlio in arrivo."

"Aye, se non era il destino che volevi, allora te lo sei fatto piacere."

"Diciamo che è così."

"Tua moglie lo sa?" Quella strana domanda lo mise in subbuglio, era ovvio che non lo sapesse, cosa credeva che i matrimoni si organizzassero come una volta?

"Sa cosa?" replicò in tono piccato Christian.

"Che tu l'hai sposata per dovere e non per amore."

Fu come un ceffone in pieno viso, possibile che nel giro di cinque minuti Samuel Mclower avesse pronunciato le parole che lui non era mai riuscito a dire? Per un attimo non seppe reagire, fu lo scozzese a spezzare quel silenzio.

"Scusa, a volte non mi rendo conto di quanto io sia diretto."

Fu allora che i loro occhi si fissarono, e Christian diede voce a parole che non avrebbe mai pensato di pronunciare.

"Non la volevo sai? Non l'ho mai veramente desiderata, odio quel buco che lei chiama casa e quando mi ha detto di essere incinta ho quasi bramato che scoppiasse la guerra per aver modo di allontanarmi da lei senza essere considerato un vigliacco! Forse un vigliacco avrebbe agito meglio di me."

Sam lo ascoltò con estrema attenzione, stupendosi di quanto il dottorino parlasse senza impedimenti, confessandogli apertamente ciò che albergava negli strati più profondi del suo cuore, eppure era successo in un modo così naturale che lo indusse a riflettere.

Scosse il capo e tentò di smorzare quella strana atmosfera che era calata tra loro.

"Non sei stato un vigliacco credimi, è il frutto del tuo seme che ti ha costretto" il tono di Sam, calmo e modulato, lo raggiunse come velluto nei timpani.

"Tu vedi chiaro dentro di me, dunque! Come diavolo sei riuscito a capirlo?"

"Hai qualcosa che conosco… Christian, forse un giorno te ne parlerò. Credi che possa chiedere dell'altra brodaglia?", finalmente una smorfia simile ad un sorriso comparve sulla faccia di Christian.

"Contaci" disse, quindi si alzò e sparì oltre la porta.

Francia

(1940)

L'uomo tolse gli occhiali, che ormai gli erano scivolati lungo il naso per la terza volta, li poggiò sul tavolo, quindi si strofinò gli occhi per trovare un sollievo immediato alla stanchezza.

Erano ore che stava leggendo un plico, quella scadenza pesava come una spada di Damocle, ma lui non si era arreso concludendo la sua relazione nei migliore dei modi.

Ad un tratto sentì bussare alla porta della camera d'albergo, dove era alloggiato ormai da più di un mese, erano giorni che aspettava questa visita e non vedeva l'ora di farla finita.

Si alzò e, tenendo la catenella della porta bloccata, l'aprì scrutando l'interlocutore dall'altra parte, nello spazio largo un palmo, che si era appena creato.

L'uomo era in divisa e probabilmente dalle stellette che portava, doveva essere un capitano.

"Mister Watt?" chiese l'uomo in tono formale, lui annuì, sbloccò la chiusura e lo fece entrare scostandosi "La prego mi chiami Robert" disse invitandolo a sedere.

"Posso sapere il suo nome capitano?" chiese, "Edward Cronenberg signore, per servirla."

"Si sieda la prego" disse scuotendo il capo "beve qualcosa?" aggiunse poi, il graduato osservò la vetrina poco distante da lui che ospitava due bottiglie di liquore pregiato, quindi rispose "Gradirei un whiskey, se mi fa compagnia."

Il vecchio sorrise.

"Certo che lo gradisco, uno scozzese come me non potrebbe mai rifiutare un bicchiere di quel nettare pregiato."

"Scozzese? Che mi venga un colpo!" esordì il capitano d'impulso.

"È buffo vero che la Royal Air Force di Sua Maestà sia costretta a chiedere aiuto ad uno di Brechin?" gracchiò l'uomo, "Non è buffo, è addirittura un paradosso" replicò divertito il graduato.

"Sono d'accordo" concluse l'uomo porgendo il bicchiere.

I due si scolarono il fresco liquido, poi il vecchio allargò le braccia e si mise comodo.

"Allora, qual'è il prossimo passo?" chiese curioso, il capitano prese fiato e lo mise al corrente di ciò che avrebbe dovuto fare.

"Per prima cosa, dopo aver consegnato la relazione e ottenuto l'autorizzazione a procedere, tornerò a prenderla, faremo una tappa a Calais viaggiando solo di notte" annunciò il capitano, il vecchio restò in silenzio, quindi il graduato proseguì "I test sono stati un successo, mi auguro, è così vero?"

"Sì, ho esposto esattamente tutti i risultati nella relazione che poc'anzi ho terminato. Nelle specifiche è riportato esattamente lo specchio della distanza di dieci metri, ma so che si sta lavorando a diminuire tale problema, in modo da ottenere risultati davvero entusiasmanti" confessò il vecchio.

"Molto bene. Ho fatto avanti e indietro per un mese intero, e so per certo che la sua invenzione sarà determinante per individuare il nemico. Lo chiamano RDF nelle stanze segrete e sono sicuro che passerà alla storia."

"Se serve ad evitare che Londra cada in mani tedesche, sono certo che lascerà un segno ai posteri. A proposito come faremo ad attraversare il canale di notte? "

"Questo è un problema che dobbiamo risolvere. Non dubiti Robert, la soluzione c'è so di averla nella mia testa, devo solo concentrarmi e farla uscire nel migliore dei modi", il vecchio scoppiò a ridere inaspettatamente, poi si mise una mano nella tasca della giacca sgualcita ed estrasse un sigaro.

"Fuma?" il capitano scosse il capo.

"Certo che non si fa mancare niente, alcol e fumo, un mix piuttosto deleterio per le sue arterie."

"Ah! Le arterie! E chi le ha mai conosciute? Si diramano dentro al corpo come serpenti avvelenati, crede che m'importi qualcosa del fatto che si possano otturare? Con la guerra scoppiata è già un miracolo se viviamo un altro giorno."

"Ben detto!" rispose il capitano accendendosi a sua volta un sigaro il cui aroma gli fece dimenticare, per un attimo, la devastante giornata.

Robert si rilassò per qualche minuto, ne aveva fatta di strada da quando aveva iniziato a studiare la capacità di riflettere onde radio attraverso oggetti solidi, da lì in poi il susseguirsi di numerosi tentativi di realizzare un apparecchio per la rilevazione degli impulsi elettromagnetici, applicati soprattutto alla meteorologia, si erano trasformati in veri e propri esperimenti.

Ma quando l'Ufficio Meteorologico del Regno Unito lo aveva incaricato di mettere a punto un sistema di mappatura dei temporali, in grado di captare a distanza i segnali radio generati dai fulmini, il suo destino si era compiuto.

Il Governo comprese immediatamente che quella nuova scoperta avrebbe potuto avere un'enorme potenzialità da utilizzare in campo militare, per la localizzazione di ostacoli lontani in campo aereo e navale, così lo scozzese venne coinvolto per un progetto molto più ambizioso.

Infatti il punto di svolta si verificò allorchè Watt individuò il modo di rendere visibili su uno schermo i segnali radio riflessi, e tracciarne la durata della loro propagazione.

Si andava materializzando l'invenzione del primo radar e nessuno fino ad allora avrebbe potuto immaginare la straordinaria portata di quella scoperta, grazie alla quale Londra non sarebbe mai caduta in mano al nemico, ma era ancora troppo presto per intuirlo, al momento il problema principale consisteva semplicemente nel far arrivare sano e salvo lo scozzese dall'altra sponda della manica.

"Sarebbe meglio non coinvolgere personale strettamente militare" esordì il capitano spegnendo quel sigaro prelibato, dopo averne assaporato l'ultima boccata, "Continui" replicò lo scozzese.

"Pensavo a un diversivo. Potrei incaricare una squadra di soldati e far traghettare derrate e alimenti nello stesso momento in cui lei attraverserà a qualche centinaio di metri di distanza con qualcuno di mia fiducia, per non destare sospetti. In fondo i soldati parlano e se parlano di derrate e alimenti non c'è niente di male."

"Credo sia una buona idea. Quando crede che si possa realizzare?"

"Non appena riceviamo l'autorizzazione a procedere, nel frattempo farò pervenire la sua relazione alla persona incaricata, quindi resteremo in attesa."

"Capisco" rispose mesto lo studioso "dovrò nascondermi in questa topaia ancora per un po' quindi…" il capitano fece una smorfia.

"Sì, comunque da quello che vedo non le manca niente" aggiunse in tono leggero.

"Lei crede? Sono due mesi che non tocco una donna, mi piacerebbe contare su di lei…" il graduato sorrise.

"Vedrò quello che posso fare... "

Campo base

Erano trascorse due settimane dal ritorno del capitano, e il susseguirsi di avvenimenti imprevisti erano stati all'ordine del giorno.

Derrate, alimenti e farmaci venivano consegnati sempre più raramente, nonostante la guerra non avesse ancora mostrato un vero e proprio inizio.

Per lo più erano stati bombardati porti, capannoni civili, depositi di munizioni, ma restavano i campi base, possibili obiettivi di quelle micidiali incursioni aree che durante il giorno i nemici avrebbero potuto sferrare senza alcun preavviso.

Edward Cronenberg aveva ricevuto diverse telefonate in merito all'ennesimo viaggio in Francia, ma non era ancora arrivato il momento per andare a prendere Mister Watt, probabilmente si attendeva un ordine che faticava ad essere impartito.

Samuel Mclower aveva fatto notevoli e impressionanti miglioramenti e ciò era anche dovuto alle cure meticolose e all'intervento di Christian Lancaster, il quale si ritagliava qualche ora al giorno per fargli fare una sorta di fisioterapia alle gambe.

Le stecche gli erano state rimosse da più di una settimana e lui non vedeva l'ora di rimettersi in piedi in luogo di spostarsi con una sorta di carrozzina di legno dotata di ruote malconce.

Aveva anche deciso di concludere la lettera da spedire ad Adam, cercando di controllare la moltitudine di parole che erano sgorgate non appena aveva appoggiato il pennino sulla carta, ma era stato un inutile tentativo, il cuore aveva parlato per lui anche se il tono piuttosto piccato era stato davvero eloquente. Gli aveva anche chiesto di controllare la nonna e di fargli sapere se stava bene, fornendogli l'indirizzo dove era ubicato il campo base, quindi sarebbe bastato solo sigillare la busta e metterla in spedizione.

Era giusto farlo anche se la rabbia per quel comportamento poco ortodosso, manifestatogli il giorno prima della sua partenza, non si era ancora del tutto placata, nonostante il fatto che avesse fatto ammenda circa le preoccupazioni che Adam aveva manifestato per il suo reclutamento, in fondo era stato quasi un miracolo che non avesse raggiunto il camposanto.

Non fu per caso che quella mattina decise di rendere azione un desiderio che gli ardeva dal giorno prima impedendogli quasi di dormire; si trascinò con quella sedia sino in prossimità del lungo corridoio costellato di porte rivolte all'esterno e ne imboccò una spingendo, la superficie laminata, con tutta la forza che aveva nei piedi.

Non fu difficile per lui giungere all'esterno, fu molto più arduo spostarsi su quel terreno lastricato di sassi e terra sconnessa.

L'aria frizzante gli frustò il viso e, nonostante la primavera inoltrata stesse lasciando il posto ad un estate rovente dal punto di vista militare, Sam si sentì percorrere da intensi brividi.

Per un attimo gli sfiorò l'idea malsana che il suo corpo si rifiutasse di eseguire gli ordini impartiti dal suo cervello impedendogli di camminare, ma come gli ripeteva spesso Christian, era la volontà a farla da padrona in questi specifici casi, e lui ne aveva sempre avuta molta.

Guardò di fronte a sè e, nonostante si trovasse sotto ad una fitta boscaglia, riuscì a vedere i soldati intenti a muoversi spostando e muovendo continuamente carrelli, i piantoni adibiti ai turni di guardia in prossimità della grande recinzione del campo, delimitata da torrette in legno alte a sufficienza per scorgere il nemico a distanza, ma sufficientemente nascoste per impedire agli aerei di bombardarle e poi vide Christian, che si stava avvicinando trasportando a tracolla un enorme borsone, probabilmente stracolmo di medicinali.

Si era soffermato spesso a pensare a lui, ma non aveva trovato il coraggio di sviluppare quella strana amicizia che era nata tra loro giorno dopo giorno, trasformando le sue ore a letto così noiose e apatiche, in veri e propri momenti piacevoli. Era un rischio dannatamente troppo grosso lasciarsi andare, anche se Christian gli sembrava così lontano dall'essere etero.

Probabilmente era ignaro di non esserlo, come molte volte era già capitato ad altri, ma il dubbio che essere diverso, non lo avesse minimante sfiorato, era quasi una certezza per Sam.

Lo aveva già veduto in altri in passato, lo aveva veduto in Adam.

Scosse il capo come se volesse cancellare l'immagine di quel viso che per molto tempo lo aveva fatto fremere di felicità, ma non ci riuscì, in fondo lo aveva davvero amato molto ed ora, lontano da lui, cominciava a sentirne la mancanza.

Tuttavia l'incontro con Christian lo aveva colpito al punto che avrebbe voluto approfondire, ma aveva desistito da quell'intento per il timore di perdere la sua amicizia.

Si posizionò per bene rendendo la carrozzella stabile, quindi poggiò le mani sui braccioli smussati in legno, scivolò in avanti poggiando la pianta dei piedi fino a che non furono perfettamente aderenti al terreno e si fece forza.

Nello stesso istante in cui Sam riuscì per qualche secondo a restare perfettamente in equilibrio sulle sue gambe, Christian lo vide e, temendo che crollasse come un sacco vuoto da un momento all'altro, si mise a correre verso la sua direzione.

"Che cazz… " la voce di Sam uscì improvvisa allorché si accorse che le gambe gli stavano cedendo senza che lui potesse fare nulla e, qualche attimo prima di picchiare la faccia sul terreno aspro e duro, si sentì arpionare dalle braccia di Christian, sentendosi quasi un fantoccio di pezza avvinghiato a lui.

"Sei un idiota!" sbraitò Christian concitato "cosa diavolo avevi in mente di fare!? Non vedi che non sei ancora pronto?" in quel trambusto di contatti tra i loro corpi, Sam avvertì che, se non si fosse staccato immediatamente, avrebbe dovuto fare i conti con un'erezione incontenibile, cercò di liberarsi da quella presa spingendolo via, ma Christian ebbe la meglio.

Di colpo il dottorino divenne pallido, piccole goccioline di sudore iniziarono a solcare la sua fronte, quel rigonfiamento che spingeva a più non posso contro di lui lo disarmò al punto da mandarlo letteralmente in confusione, eppure non riuscì a staccarsi subito, non ne trovò la volontà.

Fu Sam a farlo, abbassò gli occhi e mormorò "Scusami..." quindi arpionò la sedia e si rimise seduto con un enorme sforzo.

Christian restò lì davanti, immobile, impalato, senza sapere realmente cosa fare o cosa dire, quello che aveva provato poc'anzi, sentendo quello strano contatto, non aveva avuto un senso logico per lui, eppure nel suo corpo qualcosa era successo perchè, per la prima volta nella sua esistenza, uno strano e sconosciuto desiderio si era fatto strada facendogli fremere il muscolo, ma poi era subentrata una paura che lo aveva bloccato trasformandolo quasi in una statua.

Perchè non si era staccato subito? Perchè era rimasto avvinghiato a lui comunque, nonostante sentisse il suo pene gonfiarsi a dismisura?

Darsi una risposta era, al momento, un'impresa così ardua da essere paragonata ad una scalata sull'Everest.

Di colpo scattò via lasciando Sam completamente solo, conscio del fatto che quella fuga non sarebbe servita a nulla, d'ora in poi non avrebbe più potuto stargli lontano.

Sam si guardò intorno piuttosto preoccupato per il fatto di dover recuperare le energie e ritornare all'interno e, nel momento in cui spinse la carrozzella dirigendola verso la porta, vide Christian sulla soglia che lo stava aspettando.

"Ti aiuto" disse con un tono atono "ma poi non voglio più avere a che fare con te" sottolineò con un tono che non avrebbe ammesso repliche.

Lo scozzese non rispose, si fece trascinare all'interno e, nel momento stesso in cui Christian lo lasciò, trovò la voce.

"Aspetta… solo un ultimo favore, poi non ti disturberò più." Christian restò in attesa giusto il tempo di osservare Sam alzare il lenzuolo del letto ed estrarre una busta.

"Vorrei che la spedissi, desidero far sapere alla mia famiglia che sto bene" esclamò porgendogliela, il dottorino divenne bianco come un cencio, allungò la mano e la prese.

"Non è sigillata."

"Aye... bè non si chiude con la saliva, non c'è colla, ti prego pensaci tu."

Christian annuì e con un groppo in gola, pesante come un macigno, se la mise nella tasca della giacca, alzò lo sguardo e quello che disse fu dettato da un senso di colpa che lo avrebbe schiacciato per il resto dei suoi giorni perchè quella busta, di fatto, non sarebbe mai arrivata a destinazione.

"Mi dispiace per prima… in realtà non è vero che non voglio più avere a che fare con te è che… "

"Aye! Christian, lascia stare, non c'è bisogno che mi spieghi."

"Sì invece!" s'infervorì all'improvviso, lo scozzese deglutì ma decise di aspettare ciò che avesse da dirgli.

"Tu mi fai paura" disse in tono calmo "io… non so cosa mi sia successo, ma non riesco a decifrare gli strani segnali che ho colto."

Sam abbassò il tono "Non devi farlo è solo un mio problema, ti prego non pensarci più, cerchiamo solo di restare amici, è quello che desidero."

"Ci proverò" replicò secco Christian, quindi gli voltò le spalle e lasciò la stanza.

Londra

L'uomo si accasciò sul divano in tessuto damascato, la fronte aggottata e lo sguardo truce resero visibili tutte le sue preoccupazioni, preoccupazioni che erano sorte durante la sua faticosa giornata.

Non era più tanto giovane e lo scoppio di questo nuovo conflitto lo aveva lasciato ancora più spossato di quanto non lo fosse già, ma era l'attesa di una visita che lo stava rendendo ansioso.

Ad un tratto una voce femminile lo distolse dai suoi pensieri, sua figlia era appena arrivata e se c'era una cosa in grado di sollevargli il morale era proprio quella di vedersela davanti ogni santo giorno.

"Ciao papà come stai?" chiese Alma non appena lo raggiunse in soggiorno.

"Bene tesoro, tu piuttosto come vanno le nausee mattutine?"

"Meglio, sento che la gravidanza procede bene nonostante tutto… "

Il genitore le fece segno di sedersi accanto, picchiettando il posto con la mano.

"Coraggio vedrai che Christian se la caverà, è un ragazzo in gamba e, se tutto deve andare nei piani previsti, sarai anche in grado di vederlo."

Lei s'illuminò tutta.

"Davvero? E quando ?"

David Fisher si morse il labbro inferiore, era sempre stata una sua pecca quella di non avere pazienza e di non saper tenere la bocca chiusa, così dovette, suo malgrado, rimediare.

"Non posso dirtelo al momento, se si verificherà una circostanza allora è possibile fargli ottenere una breve licenza." Alma gli si avvicinò stampandogli un bacio sulla guancia.

"Grazie papà e nel caso non riuscissi a farcela pazienza, è il pensiero che conta."

Per un breve istante calò il silenzio tra loro, certo se non ci fosse stata la guerra i fatti avrebbero preso pieghe diverse, occorreva pertanto stare all'erta e pregare che Londra riuscisse a difendersi dai bombardamenti che, negli ultimi giorni, si erano diradati, come se il nemico stesse pianificando un'attesa strategica, prima di sferrare un attacco senza precedenti.

Proprio in quel momento la moglie fece il suo ingresso "Ciao Alma non ti ho sentito arrivare!" esordì andandole incontro, poi aggiunse "David… è arrivato il maggiore Leonard Stewart, ti sta aspettando nel disimpegno" lui si alzò immediatamente e sparì oltre la porta.

Le due donne si guardarono dubbiose come se non fossero al corrente di ciò che a breve sarebbe accaduto in quella casa.

"Maggiore si accomodi, la prego" disse in tono formale David Fischer, cercando di mascherare il nervosismo che stava iniziando a divorarlo "mi segua nel mio studio" aggiunse poi, mostrandogli la direzione.

Il graduato lo seguì, si accomodò di fronte ad una scrivania in mogano scuro e rilassò le spalle in segno di distensione.

"Mister Fisher la ringrazio a nome di Sua Maestà per l'enorme servigio di cui si è fatto promotore in questa delicata circostanza. Sappia che ho un dispaccio da consegnarle dove si enuncia che la sperimentazione riguardo al RTF potrà essere fatta solo in un luogo civile, pertanto l'impiego della sua dimora è cosa molto gradita all'esercito. La persona che seguirà personalmente l'esperimento arriverà direttamente dalla

Francia, resta il problema spinoso di farla transitare dal canale e solo di notte, tuttavia abbiamo già una risorsa che se ne sta occupando. Ciò che ci premeva di più era il suo avvallo circa l'utilizzo del locale ubicato sulla sua torretta e, data la sua disponibilità, posso solo supporre che tale avvallo ci sia."

"Senza dubbio alcuno" replicò Fisher gonfiando il petto.

"Bene, non mi resta altro da fare che siglare la sua decisione definitivamente. La prego firmi questo documento" chiese il maggiore, dopo aver estratto il pezzo di carta e averlo appoggiato sulla scrivania, "in questo modo sigillerà il suo impegno nei confronti della Compagnia Britannica."

L'uomo firmò immediatamente, si strinsero la mano e il maggiore si congedò.

Era un'opportunità unica per David Fisher e lui aveva deciso di sfruttarla.

Data l'ubicazione della sua abitazione, situata al terzo piano di un antico e signorile edificio, la Compagnia Britannica aveva pensato bene di selezionare alcuni appartamenti dotati di torrette, ma era stato quello di David Fischer a risvegliare il loro interesse, poichè la motivazione secondaria e nondimeno importante era stata che, di quel vecchio ex militare, ci si poteva fidare.

Aveva militato nell'esercito, durante il primo conflitto mondiale, e il suo reclutamento non era passato inosservato, tant'è vero che si era guadagnato qualche merito circa il suo operato, inoltre aveva sempre avuto un carattere forte e autoritario che ben si confaceva con la disciplina adottata nelle truppe.

Restò per qualche minuto seduto nel suo studio e non s'accorse che sulla soglia della porta Alma e sua moglie lo stavano osservando

"Cosa succede papà?" la voce sottile ed armoniosa della figlia lo obbligò a scuotersi.

"Entrate vi prego, devo mettervi al corrente di alcuni fatti."

Le due donne eseguirono e si apprestarono ad ascoltare tutti i cambiamenti che, da quel momento in poi, sarebbero piombati nelle loro vite, catapultandole in un futuro sempre più incerto e devastante.

Consapevolezza

(Christian)

Avevo contato tutte le crepe presenti sul soffitto, quelle appena formatosi a seguito degli ultimi bombardamenti nelle vicinanze, ed altre già presenti da tempo, poi mi ero alzato un paio di volte a causa dell'arsura, e mi ero scolato due bicchieri d'acqua, ma l'ansia che mi stava attanagliando il petto non si era ancora placata.

Mi trascinai nuovamente giù dalla branda e mi diressi accanto alla mensola, dove avevo appoggiato la lettera di Sam.

Sembrava che m'invitasse, che fosse dotata di luce propria, che risplendesse nel buio e m'impedisse di dormire; la presi in mano deciso a sigillarla, prima che mi sfiorasse la riprovevole idea di aprirla e leggere quel contenuto che mi chiamava come il canto di una sirena, ma una strana sensazione m'impedì di mettere in atto i miei buoni propositi.

Perchè avrei dovuto chiuderla? Nessuno mai avrebbe letto quelle parole, Samuel Mclower era defunto per la famiglia e la sua missiva si sarebbe consumata fino a distruggersi in un cassetto dimenticato dal tempo e mai aperto, o magari sarebbe finita tra l'immondizia ridotta in mille pezzi o addirittura bruciata.

Sarei stato sicuramente scaraventato all'inferno per i pensieri poc'anzi partoriti, ma non potevo farci nulla se nutrivo il desiderio di conoscerlo meglio attraverso le sue parole.

Decisi in modo sanguigno di aprirla, senza rendermi conto, col cuore che batteva furioso nel petto, consapevole dell'azione meschina che avevo appena attuato.

Era indirizzata ad Adam, un nome che mi colpì come una frustata in viso senza nemmeno sapere il perchè, anche se l'istinto mi spronò a scoprirlo affrettandomi a leggere quelle righe, scritte con una calligrafia lineare e semplice.

A parte le informazioni circa la salute della nonna, per la prima parte della lettera, non riuscii a scoprire un granchè, ma poi…

Restai disarmato, sciocato, quasi in subbuglio, con la privazione della saliva fin dentro la gola, incapace di comprendere quelle parole fino in fondo.

Sam aveva avuto una relazione con un ragazzo di nome Adam e, a quanto pareva, ne sentiva tremendamente la mancanza!

Leggendo parola dopo parola non mi accorsi nemmeno della strana bramosia che iniziò a risalirmi dalle gambe, per poi espandersi nell'addome raggiungendo anche le parti basse.

Ad un tratto divenni consapevole dell'eccitazione che mi stava invadendo, di colpo la mia mano si strinse trasformando quel pezzo di carta in un cartoccio simile ad una palla compatta, che diavolo mi stava succedendo?

Perchè oltre allo stupore e alla incredulità stavo provando una furiosa rabbia?

 Ero certo che non fosse per il fatto che Sam fosse omosessuale, no non era per quello, era una sensazione nuova che non conoscevo, perchè semplicemente non l'avevo mai provata, era così facile dirlo, eppure mi si formò un groppo in gola non appena si materializzò nel mio cervello.

Gelosia.

Non potevo esserlo davvero! Ero sposato con una donna, avevo appena messo al mondo un figlio, cosa cazzo avevo per la testa?

Guardai quella palla accartocciata tra le mani, che aveva tutta l'aria di essere ormai destinata all'immondizia, e ne fui catturato di nuovo.

La stirai con i palmi, poggiandola sul piano del comodino, volevo leggere di nuovo quelle parole fino quasi a stordirmi.

Possibile che non avessi mai saputo chi fossi? Perchè il mio corpo rispondeva vibrando al solo pensiero d'immaginarmi tra le braccia di Sam? Chi ero davvero io? Lessi di nuovo voracemente quelle parole, per ritrovare le stesse sensazioni appena provate, ma trovai qualcosa in più, qualcosa che mi sconvolse: un piacere immenso.

Nella mia testa si materializzò la scena dei due corpi avvinghiati, fu come se fossi lì in carne e ossa e stessi assistendo ai loro tocchi audaci, alle loro carezze, al loro amore; ad un tratto sentii un calore pervadermi tutto, era nuovo, eccitante, estasiante.

Sconvolto guardai la patta del mio pigiama, era rigonfia fin quasi a scoppiare.

Abbassai l'elastico e feci scivolare le mutande, il mio pene era turgido ed eretto come non lo era mai stato! Lo presi tra le mani per placare quel dolore che mi stava annientando e cominciai a menarlo ansimando come un animale.

L'ondata dell'orgasmo arrivò in due momenti lasciandomi spossato come mai mi era capitato, mentre il cuore, impazzito e furioso, sbatteva ancora nel mio petto senza nessuna voglia di rallentare. Chiusi gli occhi e deglutii in più riprese per la rivelazione che mi si era parata innanzi, una rivelazione dal sapore amaro, che mi avrebbe annientato il futuro.

Come avrei potuto resistere a questo nuovo desiderio che si era fatto strada ed era emerso catapultandomi in un incubo?

Era impossibile per me rinunciarvi, ora che l'avevo scoperto, l'avevo provato ed avevo, forse per la prima volta nella mia vita, goduto davvero.

Allora era questo il motivo per cui non riuscivo ad appagarmi con le donne?

Era questo dunque?

Scossi il capo, allontanando l'idea malsana che fossi gay, perchè io non lo ero e non avrei voluto esserlo!

Non appena il cuore rallentò un'altra realtà si affacciò impietosa e crudele, era stato solo uno sfogo e niente più.

Erano mesi che non mi concedevo tregue, doveva essere stato questo a scatenarmi dentro quel desiderio, ed era bastato solo leggere delle parole piccanti e provocanti per farmi crollare; in fondo era risaputo che in passato uomini avevano sfogato i propri orgasmi con altri uomini per non scoppiare e soccombere al desiderio lancinante che li attanagliava.

Doveva essere stato questo il motivo.

Lo era senz'altro.

Ripiegai la lettera con cura, la rimisi nella sua busta, quindi trovai un nascondiglio dove conservarla, sarebbe stata la prima di una lunga serie.

Consapevolezza

(Sam)

Nonostante il sonno tentasse di prendermi, resistevo, cercando ogni mezzo per evitare alle palpebre, pesanti e oppressive, di chiudersi definitivamente.

Avevo ancora l'immagine di Christian stampata nella mia mente, il suo volto incredulo e disarmato di fronte alla mia debolezza, debolezza che era emersa in tutta la sua ostentazione.

Avevo cercato di resistere, ma quel contatto inatteso aveva

risvegliato un desiderio naturale per me, che però avevo manifestato solo con Adam.

Avevo capito, mio malgrado, che lui aveva provato qualcosa, ecco perchè se l'era quasi data a gambe, si era spaventato e forse per la prima volta, aveva avuto dei dubbi riguardo alla sua sessualità.

Doveva essere stato disarmante scoprire solo ora il motivo per cui le sue scelte, peraltro imposte, gli avevano negato la possibilità di sapere veramente chi fosse.

Sentii un formicolio alla gamba, la spostai e trovai una posizione più comoda, ormai avevo vinto la mia battaglia col sonno, ero ben sveglio e la mia mente era in fermento.

Avevo trascorso un mese decisamente fuori dall'ordinario, le mie gambe stavano riprendendo vigore e forza, ma tanta era la voglia di riprendere a camminare.

Christian era stato impareggiabile con me, le sue cure e la

fisioterapia erano state in grado di alleviare sia la tristezza per il mio stato, e sia la malinconia affiorata senza che riuscissi a contrastarla.

Forse, senza saperlo, mi stavo affezionando a lui, ai suoi modi strani di relazionarsi con gli altri, alla sua postura talvolta non eretta che sembrava far trapelare una mancanza di autostima, o forse non era quella che gli mancava, forse era così evidente che gli erano stati imposti taluni comportamenti che il suo corpo, in contrasto a ciò, si ribellava, manifestando chiaramente tutto il disagio accumulato.

Avrei tanto voluto parlargli di Adam e della mia storia, ma la mia diversità oltre a rappresentare un enorme ostacolo per la nostra amicizia, sarebbe anche stata fonte di preoccupazione per lui. In fondo era un reato a tutti gli effetti essere omosessuale, per questo avrei dovuto stare più vigile, attento e cauto.

Ma ora, dopo quello che era successo, non avrei più potuto

nascondermi, avrei dovuto faticare ancora di più per conquistarmi la sua amicizia, per questo volevo riprendere a camminare, sarei stato più utile e forse avrei potuto anche aiutarlo nel suo lavoro; ero spacciato per fare il soldato, ma non lo ero per altri servizi che avrei potuto svolgere.

Prima di cedere all'ennesima pressione delle palpebre che avevano ricominciato a premere di nuovo, focalizzai il volto di Adam.

Gli avevo scritto raccontando minuziosamente cosa mi aveva fatto negli ultimi giorni prima del nostro litigio, e cosa avevo provato quando era entrato dentro di me con un impeto indimenticabile, volevo che lo sapesse che non avevo dimenticato.

Mi mancava, era vero, ma la distanza da lui mi aveva anche fatto capire che avevo avuto ragione, la mia vita avrebbe potuto svilupparsi liberamente anche senza la sua costante presenza.

Glielo avrei spiegato, se il Signore mi avesse concesso di

tornare nella mia terra, ancora tutto intero, perchè lo avevo amato come un pazzo per molto tempo.

Finalmente cedetti e lasciai che il sonno ristoratore avesse la meglio su di me, scivolai nel torpore e mi abbandonai senza più nervo.

E sognai.

L'odore di muschio e terra mi riempì le narici, inspirai a pieni polmoni cercando di mantenere il passo veloce. Adam mi precedeva come sempre, durante la caccia, e ad ogni passo aumentava la velocità.

"Eccola!" sussurrò tutto d'un tratto "non è magnifica?" aggiunse avvicinandosi al mio orecchio.

La lontra sgattaiolò frettolosamente prendendo la direzione del fiume, Adam perse l'attimo e l'animale, spaventato per la nostra presenza, raggiunse la riva pronto a scomparire in quell'acqua impetuosa, ma Adam mi stupì, imbracciò il fucile e sparò in prossimità di un ramo sulla cui estremità penzolava una strana fune, la rete si liberò e cadde a terra imprigionando l'animale.

"Centro!" gridò trafelato, lo guardai perplesso.

 "Come diavolo hai fatto cafone di uno scozzese che non sei altro?"

"Ho barato" rispose ridendo "sapevo che fuggiva in quella direzione, per giorni l'ho curata, deve aver una tana da queste parti e ogni volta che la spaventavo prendeva sempre quella direzione!"

"Volevi stupirmi forse?" lui si avvicinò alla rete, prese l'animale per il collo ed estrasse il pugnale sotto ai miei occhi sgranati e disorientati.

 "No, devo ucciderla Sam, se voglio evitare la morte e riacquistare l'energia perduta."

"Stai farneticando Adam! Lasciala, quello che hai detto non ha un senso, tu non devi morire!" replicai col cuore che scalpitava come un cavallo impazzito.

"Ti sbagli, io sono già morto, ma tu non lo sai ancora… "

Mi svegliai di soprassalto, madido di sudore, le gambe pulsavano dal male e una strana arsura mi provocò un bruciore lancinante in gola.

Mi tirai su di schiena e poggiai le mani sulla faccia sfregandomi gli occhi, cosa diavolo avevo sognato? Cercai di calmare il respiro concentrandomi sul quel insignificante bagliore che proveniva dal corridoio, probabilmente era la stanza dove il Capitano si rintanava per stare un po' tranquillo. Gradatamente ritrovai la lucidità ricordando esattamente le parole pronunciate da Adam nel mio sogno "Ti sbagli, io sono già morto, ma tu non lo sai ancora…"

Scossi la testa, tastai sul comodino cercando dell'acqua, la trovai nel bicchiere che Christian aveva appoggiato prima di andarsene.

Sognare una lontra, per uno scozzese, era un brutto affare; in un'antica leggenda si narrava che, chi aveva il compito di uccidere una lontra a tutti i costi, avrebbe dovuto agire per sviare la morte, perchè questa sarebbe presto venuta a prenderlo, ma quelle parole pronunciate mi avevano lasciato sgomento.

Poggiai nuovamente la testa sul cuscino, l'indomani avrei chiesto a Christian se la mia lettera fosse già stata spedita, perchè bruciavo dalla voglia di leggere la risposta di Adam.

Francia

(inizio estate 1940)

Robert accarezzò dolcemente le natiche di Claire, la donna che il capitano Edward Cronenberg gli aveva mandato dopo la sua visita, quindi sospirò estasiato.

Era assopita completamente nuda e ancora calda.

"Bon jour Cherie comment allez-vous?" chiese l'uomo stampandole un bacio sulla bocca.

"Très bien, vous ètiez un vrai homme."

Robert sorrise compiaciuto, glielo avevano sempre detto che a letto era sempre stato prestante come un giovanotto, ma quando lo sentiva dalle labbra di una giovane donna la sua autostima saliva alle stelle.

D'un tratto il telefono appeso alla parete prese a squillare, Robert tolse le lenzuola con un gesto affrettato, quindi indossò i pantaloni del pigiama, in un secondo sollevò il ricevitore.

"Mister Watt?" era la voce del capitano "Sì, dica pure" replicò all'istante.

"Ho buone notizie per lei, mi è arrivato un dispaccio col quale si conferma che, a breve, potrà partire e lasciare la Francia. Forse è arrivato il momento."

"Non sa dirmi qualcosa di più preciso capitano? Qui l'atmosfera sta cambiando ed io comincio ad essere notevolmente sulle spine."

"Capisco, ma di più non posso fare. A proposito ha conosciuto

Claire?" Watt tossicchiò poi fornì la sua risposta "Profondamente."

Dall'altro capo del filo si sentì una risata di soddisfazione, il capitano, prima di chiudere la comunicazione, disse "Mi fa piacere, a presto Robert."

"A presto" rispose Watt, poi s'infilò nuovamente nel letto.

"Une fois de plus, mon cher, la dernière, avant de nous dire adieu."

"Oh! Dèjà, je sens que je vais vous manquer" poi fu l'estasi per entrambi.

Quando la donna se ne fu andata Robert iniziò a pianificare tutta l'organizzazione del proprio lavoro, si sedette pieno di pensieri ed aprì la valigetta che conteneva la sua Relazione Segreta.

Mille riflessioni occuparono la sua mente, se l'esperimento fosse riuscito la speranza che Londra si salvasse dalla feroce incursione aerea avrebbe anche potuto trasformarsi in certezza, restava solo un dubbio da risolvere, un dubbio che iniziava a martellargli le meningi.

Per far sì che il prototipo del neo-nato radar funzionasse, avrebbe avuto necessità di un luogo privato, con una buona ricezione degli impulsi a onde radio, nonchè della libertà di far funzionare tutta la sua strumentazione nei migliore dei modi, solo in questo modo avrebbe potuto captare l'esatta posizione di un aereo in regime di silenzio radio e addirittura avvolto nella nebbia.

Era certo che lo avrebbe captato fino a circa 120 km di distanza.

Si passò la mano sul viso e pensò preoccupato al viaggio che avrebbe dovuto fare in compagnia del capitano, si trattava di vestire i panni di un turista, evitare di farsi notare, e fornire false generalità che il graduato gli avrebbe fatto avere.

La Francia stava soccombendo all'esercito tedesco, pertanto

anche questo Paese, ultimo dei suoi rifugi, stava cominciando a diventare pericoloso.

Aveva lasciato la Scozia con l'amaro in bocca, ma in cuor suo era certo che prima o poi ci sarebbe ritornato.

Avrebbe desiderato stabilirsi a Inverness se la guerra lo avesse risparmiato, e godersi la sua vecchiaia nella pace di quei luoghi, ma era ancora troppo presto per certi pensieri.

La Missione

Campo Base

Edward Cronenberg sembrò in procinto di crollare sotto quella pila di documenti, espletò tutte le annotazioni della giornata, poi si ritagliò un momento di pausa obbligato, cercando di concentrarsi sul problema della traversata lungo il canale della manica che lo avrebbe presto investito.

Studiò diverse soluzioni ma il problema restava sempre lì come una montagna invalicabile, insormontabile. Dato che non avrebbe potuto affidare tale compito a componenti dell'esercito gli sembrava impossibile selezionare altro personale che non fosse ai suoi comandi, restava solo quel dottorino e basta.

Pensando a Christian si scosse, si alzò dalla sedia e si diresse verso la stanza dei feriti. Lo scorse in fondo mentre cambiava la fasciatura di un soldato "Lancaster!" urlò concitato "venga nel mio ufficio" ordinò, tornando sui suoi passi.

Il giovane medico lo raggiunse, entrò e si sedette davanti a lui con il volto tirato.

"Che succede capitano?"

"Si ricorda di quel carico speciale di cui le avevo parlato? ", Christian annuì.

"Ebbene dobbiamo risolvere il problema della traversata al buio, perchè vede di fatto io non posso coinvolgere l'esercito, e a parte lei non ho nessun altro su cui fare affidamento. A breve riceverò un dispaccio e dovrò recarmi nuovamente in Francia, ma prima del mio ritorno devo risolvere questo enorme problema."

Christian corrugò la fronte, domandandosi come avrebbe potuto aiutarlo, poi l'ennesima richiesta del Capitano gli aprì la mente.

"A proposito come sta quello scozzese? " il medico alzò il volto e guardandolo diritto nelle iridi rispose "Migliora."

"Crede che possa riprendere a camminare e compiere lavori manuali?" Christian annuì, quindi aggiunse "Ha riacquistato forza, credo che con il dovuto aiuto possa farcela in una settimana."

"Potrebbe allora essere impiegato in qualche attività" aggiunse il capitano, non voleva essere una domanda, a Christian sembrò piuttosto un'autoaffermazione.

"Non lo so, ma posso verificarlo. In fondo non possiamo mandarlo a casa..." il capitano acconsentì, quindi ordinò "Ci pensi lei, ha carta bianca, scopra tutto di lui, cosa ha fatto in passato, chi è veramente e se ha qualche tipo di capacità attinente alla risoluzione del nostro problema. Allo stato attuale non vedo altre soluzioni."

Il giovane medico si alzò e ritornò da dove era venuto.

Nel percorrere la distanza tra l'ufficio del capitano e la stanza dove erano alloggiati i feriti, il suo muscolo prese a battere furioso. Si vergognava così tanto di sè stesso per l'atto infame che aveva compiuto, da restarne quasi schiacciato, entrare così profondamente nell'intimità di Sam era stata una vera e propria carognata, senza considerare il fatto che adesso sarebbe stato ancora più difficile dominare quegli strani impulsi che lo avevano sovrastato.

Eppure non aveva scelta.

Lo vide seduto sul letto, intento a sorseggiare una bevanda calda che gli faceva arricciare le labbra.

"Ciao Sam" la voce di Christian lo fece sussultare.

"Aye Christian" replicò asciutto alzando gli occhi solo per un istante.

"Come ti senti oggi?" domandò restandogli a debita distanza, lo scozzese non rispose, si limitò ad alzare le spalle senza dar peso a quello spazio che sembrava di certo non spontaneo.

"Vorrei provare a capire se hai la forza di stare in piedi" disse tutto d'un tratto Christian, quell'affermazione ebbe l'attenzione di Sam.

"Guarda!" replicò, poggiò i piedi a terra, fece forza sulle braccia e aggrappandosi alla sbarra del letto si trasse in piedi.

Christian sgranò gli occhi, non tanto per quella forza di volontà trasformatosi in un atto reale, vero, ma piuttosto per l'imponenza della sua figura che eretta gli restituiva un'altezza fuori dal comune.

Quello scozzese era più alto del suo metro e ottantaquattro.

"Cristo Sam non ti facevo così alto." Lui rise.

" Aye? Un metro e novantacinque ancora un po' acciaccato."

"Con gli esercizi giusti potresti addirittura fare qualche passo in breve tempo" esordì Christian abbandonando quella distanza imposta poc'anzi.

"Ah! Come lo vorrei! È la prima volta che mi capita di restare a lungo senza far nulla" fu proprio in quel momento che il medico decise di porgli la domanda che gli premeva di più.

"Cosa facevi prima della chiamata?" Sam ritornò a sedersi, il tremolio alle gambe si era propagato, pertanto, per non sforzare troppo gli arti inferiori, aveva preferito andarci piano.

"Zappavo terra, raccoglievo patate e uscivo col peschereccio a pescare" quella notizia illuminò gli occhi di Christian.

"Ti intendi di barche?"

"Aye! Conosco il legno e so esattamente come costruirne una. Sai il vecchio pescatore che mi ha insegnato era un grand'uomo, gli sono sempre stato simpatico."

Christian rimuginò per un istante su quella notizia appena scoperta, forse aveva trovato qualcuno in grado di risolvere il problema del capitano.

Parlarono a lungo, i discorsi fluirono senza problemi e Christian si stupì di riuscire a nascondere quel disagio provocato dagli atti compiuti nei confronti di quel ragazzo, che avrebbe anche potuto impazzire sapendo che gli avevano nascosto la sua morte per sbaglio, con tutte le conseguenze che a distanza di tempo avrebbero potuto manifestarsi.

Ma era la scoperta della sua ormai confermata diversità che dava al suo inconscio la forza di farlo, perchè, senza saperlo razionalmente, quel suo corpo mai veramente scoperto, conosciuto e capito, lo stava trasportando in direzioni opposte rispetto alla propria volontà, dato che sentiva di voler provare nuovamente quello strano desiderio sessuale che lo aveva risvegliato da quel torpore.

E quando Christian ostentava nel dominare la sua mente, questa si comportava esattamente al contrario, come gli era successo da sempre nella sua vita.

Fu un dialogo aperto, amichevole, scoprirono entrambi chi fossero prima della guerra e quale attività svolgessero, fu estremamente facile per Christian interagire con lui, probabilmente i sensi di colpa così schiaccianti e impossibili da debellare, lo avevano indotto da aprirsi inconsapevolmente.

In serata incontrò il capitano e formulò la sua ipotesi sperando che questi avvallasse la sua idea.

E fu cosi. Il capitano gli ordinò di concentrarsi sullo scozzese affinchè recuperasse la mobilità, nel frattempo avrebbe organizzato tutte le attività utili a risolvere il problema di quel trasporto problematico, in fondo non avrebbe avuto altra scelta se non quella di tentare su quella strada.

Dopo due giorni intensi di fisioterapia, Sam compì i primi passi.

Christian aveva sopportato ogni attimo, minuto, istante quello spasmodico e incoerente desiderio di continuare a toccarlo ripetutamente, senza mostrare il benchè minimo tentennamento, senza ascoltare volutamente quelle ripetute sensazioni che lo invadevano procurandogli spasmi e aritmie inattese, perchè aveva imposto alla sua mente di non farlo, annebbiando il cervello come era sempre stato bravo a fare.

Ma il suo corpo aveva reagito di riflesso, costringendolo a pause forzate durante il giorno obbligandolo a svuotare il suo sesso, poichè straripante e in procinto di scoppiare.

E anche di fronte a quelle reazioni, si era voluto ingenuamente convincere che fosse stato solo a causa della lontananza da sua moglie, se era stato costretto a svuotare il suo membro in quel modo, nulla a che vedere con la presenza di Sam, con quel suo corpo statuario, con quei suoi muscoli forgiati dalla fatica, con quel suo viso dai lineamenti perfetti ma decisi, perchè di fatto lui aveva semplicemente imposto alla sua mente questa sua considerazione.

Sam, dal canto suo aveva faticato invece a non provocare, a non manifestare e a non capitolare di fronte a quei tocchi decisi, a quelle manovre fisiche attuate da quel giovane medico che lo stava aiutando con una foga, con una voglia che gli si leggeva negli occhi.

Quale mistero nascondeva quella mente così controllata e ordinata? Quale incubo avrebbe potuto imporgli un simile controllo da non captare gli impulsi così evidenti che il suo corpo gli mandava?

Perchè se Christian, da un lato era riuscito a non soccombere a quelle emozioni, per Sam era stato quasi peggio, la sua mente non era riuscita ad imporgli quel controllo e l'unica via d'uscita era stata quella di saper nascondere o far cessare quei desideri spasmodici, calcolando i contatti, staccandosi ai limiti e usando l'esperienza che si era costruito in anni di sotterfugi, per una natura ancora rilegata nei più bassi fondi dell'inferno sulla terra, un natura contro corrente, una natura che lo aveva portato ad amare solo gli uomini.

Il terzo giorno Sam sembrò pronto per essere operativo.

Furono entrambi convocati dal capitano, quando Sam entrò camminando lentamente e senza stampelle il graduato non potè esimersi dall'apprezzare quell'immagine imponente che gli si parò innanzi.

"Mclower lei è una montagna di muscoli! Avanti si sieda" esclamò invitando anche Christian a prendere posizione di fianco a lui.

"La questione è semplice" iniziò, tenendo un tono calmo e pacato "abbiamo un problema e ho la necessità d'impiegare forza nuova allo scopo di risolverlo, quindi ho pensato che potrebbe esserci utile il suo apporto."

Lo scozzese lo fissò negli occhi poi disse "Sono al suo servizio capitano, mi dica cosa devo fare."

Lui prese fiato quindi continuò "So che s'intende di barche, è vero?"

"Sì signore."

"Bene! Deve sapere che abbiamo la necessità di costruirne una che ci permetta di trasportare un carico molto speciale oltre il canale della manica."

"Una barca grossa quanto?"

"Che contenga quattro persone, almeno" rispose il capitano.

"Il canale è nervoso lo sa questo?" chiese Sam, quella domanda fece corrugare la fronte al capitano e strizzare gli occhi a Christian.

"Cosa significa che è nervoso?" domandò il capitano, Sam diede la spiegazione di quel termine che, tra l'altro, lui usava spesso.

"Vuol dire che la corrente cambia continuamente senza preavviso. La barca deve essere leggera e perfettamente progettata, altrimenti potrebbe capovolgersi con un nonnulla."

"Capisco" replicò mesto il graduato sapendo di non avere ancora finito.

"C'è anche un altro problema… " Sam restò in silenzio "il carico va trasportato solo al buio, ossia di notte, è della massima importanza che arrivi dall'altra parte senza nessun danno."

Lo scozzese sgranò gli occhi "Al buio? " sottolineò incredulo.

"Sì, completamente."

Sam si rilassò sulla sedia cercando nella propria mente episodi che gli potessero suggerire qualche soluzione, poi di colpo s'illuminò.

"Aye!Ci sarebbe un modo, è semplice e banale ma potrebbe funzionare."

Christian spostò le gambe per sciogliere la tensione, il graduato sembrò pendere dalle sue labbra.

"Quale modo?" domandò curioso il capitano.

"In realtà abbiamo due problemi, uno è l'assenza di luce, ovviamente, e l'altro è la corrente impetuosa che ci obbligherebbe a navigare a zig-zag perdendo così l'orientamento. L'unica e sola possibilità che abbiamo è quella di stendere una fune a pelo d'acqua e fissarla alle due estremità dello stretto, in questo modo una volta calata la barca in acqua, basterà imprigionare la corda tra due morsetti all'altezza dei remi e seguire la fune-guida fino dall'altra parte. Se anche la corrente ci spostasse, sapremo sempre la direzione da seguire."

Entrambi si guardarono stupiti e increduli, non era per la lunghezza della fune, quello era il male minore, era il come distenderla dall'altra parte che rappresentava il problema.

"E mi dica come faremo a trasportare la fune dall'altra parte della costa, dato che nel suo punto più stretto la distanza è di almeno trentaquattro chilometri?"

Sam guardò entrambi senza capire, poi fece uscire la voce.

"A nuoto, ce la porterò io!"

"*Cazzo ma sei impazzito?*" sbraitò Christian scuotendo perfino il capitano per quella strana manifestazione irruenta e non attesa.

"No che non lo sono, so quello che posso fare. In passato un soldato italiano prigioniero degli inglesi a Dover, per sfuggire alla prigionia, si buttò in quelle acque e compì la traversata fino a Calais, pur essendo stato malnutrito e senza forze" in quel momento il capitano alzò le mani come per zittirli.

"Ha idea di quanti gradi sia l'acqua di notte? Se arriva a dodici puoi considerarsi fortunato!" esclamò Edward Cronenberg.

"Oh…bè il mare in Scozia è anche più freddo se è per questo! Io sono rimasto a mollo in mezzo alla tempesta per ore, c'erano onde alte quanto una montagna e, nonostante avessi l'impressione che migliaia di spilli mi perforassero le carni, sono sopravvissuto. Sono sicuro che con un paio di quelle strane gomme ai piedi e una buona copertura del corpo non sentirei nemmeno il freddo, e poi siamo in estate."

Il graduato restò senza fiato, mentre sul viso di Christian si dipinse un pallore preoccupante.

"È da pazzi… potresti avere degli atroci crampi e annegare, potresti avere un malore e morire all'istante, potresti… non arrivare mai dall'altra parte" mormorò con tono sommesso.

"Aye potrebbe succedere, ma potrei anche farcela! Se avete un'altra soluzione sono tutto orecchi" replicò senza preoccupazioni.

Calò un silenzio sinistro, poi Edward Cronenberg prese la sua decisione.

"Ho bisogno di pensare, in fondo la sua pazza idea potrebbe anche funzionare, ho sentito di soldati che utilizzano il nuoto pinnato per sabotare navi nemiche, lasciatemi solo per favore!"

I due uscirono immediatamente e si diressero nel corridoio che portava all'esterno della costruzione. Sam notò lo strano nervosismo di Christian e non fu per caso che gli chiese "La tensione che senti l'avverto anch'io, che c'è?"

"Sei un pazzo" ripetè Christian in tono più pacato.

"Aye! Non sei il primo a dirmelo. Io mi butto sempre in modo sanguigno nelle cose che faccio e spesso sono pericolose, ma credimi è l'unica maniera che conosco per risolvere i problemi." Il medico lo guardò, ora non era più solo teso, era fermamente convinto che quel pezzo di scozzese alto e muscoloso non sarebbe arrivato a trent'anni.

"La tua 'maniera' si chiama idiozia, lo sai vero? Non c'è bisogno di rischiare la vita ogni volta, è una cosa stupida, prima o poi non la spunterai e… "

"Aye!Basta fare il menagramo! Cosa ti prende?" per la prima volta Sam gli arpionò il braccio costringendolo a fissare le sue iridi, "Niente… sono solo nervoso, credimi."

Lo scozzese lasciò la presa poi si ricordò di chiedergli ciò che da stamane gli frullava in testa.

"A proposito, sei riuscito a spedire la mia lettera?" si era appena calmato quando quella domanda lo mise di nuovo in subbuglio, deglutì, si grattò la testa e quando il suo disagio fu così evidente da preoccuparlo, mentì, mentì spudoratamente.

"Sì, l'ho fatto appena me l'hai data." Quel sorriso lo colpì come un pugno nello stomaco, non era possibile che quel viso lo portasse ad un livello di eccitazione tale da non capire quanto lo attraesse, quanto lo influenzasse solo con la sua vicinanza, e come solo con un gesto così spontaneo quanto un sorriso, lo mettesse in difficoltà.

"Grazie" rispose Sam lasciandolo stordito.

Sarebbe precipitato all'inferno per quelle menzogne, e sarebbe stato un inferno spaventoso.

Passò un lasso di tempo indefinito prima che il capitano ricevesse la telefonata che stava ormai aspettando, cercando di dominare l'ansia e la curiosità per ciò che aveva elaborato.

Non appena interruppe la comunicazione e posò la cornetta del telefono, si alzò in cerca di Christian e Sam. Li trovò all'esterno intenti a parlare fitti, fitti, si diresse verso di loro a passo veloce e nel fissare i loro volti ebbe una strana impressione.

Non riuscì a capire cosa fosse, seppe solo che quell'amicizia che sembrava aver messo radici, avrebbe anche potuto essere un'arma a doppio taglio e lui non avrebbe voluto avere degli intoppi su ciò che aveva deciso.

"Mclower! Lancaster! Seguitemi nel mio ufficio" urlò a gran voce, i due si scossero, si zittirono all'istante e lo raggiunsero immediatamente.

Una volta entrati, il capitano invitò loro a sedersi, quindi chiuse la porta e si accomodò di fronte.

"Ho pensato alla sua idea strampalata e ho capito che forse strampalata non lo è per niente! Ho appena appreso da una fonte, di cui non posso rivelarvi nulla, che esiste un materiale molto più leggero della corda, con un peso specifico ideale affinchè galleggi nell'acqua, pertanto anche il suo trasporto a nuoto non rischierebbe di far affondare il nuotatore. Lo chiamano nylon, è trasparente e ha una resistenza incredibile" i due si guardarono sbigottiti, poi Christian fece uscire la voce.

"Allora ha preso davvero sul serio il fatto che Sam raggiunga a nuoto Calais!" il graduato increspò le labbra, quindi rispose "Tanto sul serio che ho già provveduto a far trasportare il materiale. Da oggi dovrete assolutamente concentrarvi sulla costruzione della barca, non avete molto tempo perchè il carico dovrà essere trasportato esattamente fra otto giorni" fece una breve pausa poi aprì un cassetto prese un foglio di carta e una penna e guardò diritto nelle iridi dello scozzese.

"Scriva tutto quello che le serve affinchè la barca possa essere costruita, ogni materiale, ogni singolo pezzo, in modo da avere tutto quanto per domattina."

"Sì capitano" replicò Sam strappandogliela dalle mani.

"Mentre lei, Lancaster, si assicuri che Sam stia bene, lo visiti, gli faccia tutto quello che può per aiutarlo in questa fatica, non ci sarà nessun altro a parte voi in questo lavoro. Potete andare, vi congedo!" i due uscirono senza fiatare dalla stanza, una strana atmosfera calò per poi spezzarsi non appena misero i piedi all'esterno della costruzione.

Era già crepuscolo, il campo era semi-deserto, fu Sam ad iniziare.

"Bè alla fine mi sono reso utile, non credi?" quell'esclamazione fece uscire dai gangheri Christian.

"Oh! Certo! Utile per un idiozia!" Lo scozzese restò in silenzio, cercando di modulare il tono con cui rispondere, perchè sentiva di essersi offeso di fronte a quell'uscita, ma Christian lo precedette.

"Ti rendi conto che nuotare per trentaquattro chilometri non è cosa comune? " sbraitò in tono concitato.

"Aye, mi rendo conto."

"Non hai idea di quanto pesi sugli arti inferiori che tra l'altro hai appena recuperato!"

"Aye… lo so" replicò di nuovo mantenendo la calma.

"Come posso avvallare una simile cosa, sapendo che sei ancora debole per un'impresa di questo tipo?"

"Ce la posso fare" Sam ribatteva ad ogni dubbio che Christian esternava, ma gli sembrava che lui non lo stesse neppure ascoltando, finchè non gli si parò innanzi in tutta la sua altezza.

"Si può sapere che problema hai?" il suo tono fu differente questa volta, tanto che Christian fu costretto a fissare la sua faccia quasi ipnotizzato, per un istante la voce non gli uscì.

"Nessun… problema, mi preoccupo solo per te."

"Allora non farlo! Siamo in guerra e se Dio ha voluto che rimanessi in vita un motivo ci deve essere. Questa 'idiozia' come tu la chiami, è l'unica soluzione che siamo stati in grado di trovare, quindi ti chiedo di rispettarla. E poi so quello che faccio, non permetterò che un braccio di mare abbia la meglio su di me."

Christian ascoltò col fiato corto, pronto a ribattere non appena ne avesse avuto l'occasione, ma poi le ultime parole di Sam lo fecero desistere dal suo intento.

"Dovresti… darti una calmata amico, non sono mica fatto di ferro" esternò Sam, quelle parole resero Christian ancora più nervoso.

"Facciamo due passi" suggerì poi lo scozzese dirigendosi in prossimità del deposito lungo il perimetro del campo.

"È meglio" rispose Christian affiancandosi a lui.

Camminarono per una decina di metri, in silenzio, poi Christian non riuscì più a trattenersi, qualcosa si era acceso dentro di lui e l'unico desiderio che aveva in quel momento era di capire cosa cazzo gli stava succedendo!

"Perchè hai detto quella cosa?"

"Non voglio parlarne" sentenziò Sam in tono deciso.

"Io sì invece!" Sam si girò, per un istante gli fu di fronte, Christian avvertì l'aroma della sua pelle fin dentro le viscere.

"Perche? Perchè vuoi affrontare un argomento di cui potresti pentirti per il resto della vita? Lascia le cose come stanno, è meglio per tutti e due."

"Non voglio lasciare le cose come stanno, io… voglio capire."

Fu in quel momento che Sam lo arpionò per le spalle scuotendolo con forza.

"Cosa vuoi capire? Il perchè mi si è gonfiato il pene quando sei caduto sopra di me forse? O magari lo sforzo che ho fatto per non farmelo gonfiare mentre mi facevi fisioterapia? "

Christian divenne serio.

"No, non è di te che voglio sapere, è di me, maledizione!"

Quelle parole folgorarono Sam all'istante, non era possibile che stesse accadendo, lui era etero, sposato con un figlio in arrivo, non avrebbe dovuto avere dubbi.

"Cosa credi di fare Christian Lancaster? Non c'è niente da capire, dovresti conoscere il tuo corpo, hai una moglie no? Se hai un figlio significa che hai fatto il tuo dovere, cosa c'è che non ti è chiaro?"

"Quello che sento… quando sono con te."

L'aveva detto, il suo cervello gli aveva messo in bocca le parole che non avrebbe mai voluto pronunciare.

Era impossibile dimenticare quello che aveva provato, da solo nella sua stanza, dopo aver letto quella dannata lettera, scoprendo ciò che Sam nascondeva da sempre.

Lo scozzese divenne vermiglio in volto, non solo ebbe grande difficoltà a domare quell'impeto che iniziò a risalirgli dalle gambe, ma tentò anche di mettere metri di distanza da quel giovane medico che lo stava facendo vacillare, senza però riuscirci.

"Vacci piano Christian… non è un gioco *questo*."

"Io non sto affatto giocando. Se devi rischiare la vita è giusto che io sappia cosa cazzo mi sta succedendo." il tono si era alzato, fu in quel momento che Sam comprese un fatto senza precedenti, nessuno prima d'ora era riuscito così bene a dirigere la propria mente sul lato opposto rispetto ai propri desideri, tranne Christian.

"Tu non ti ascolti, non ti senti, non ti curi dei segnali che il tuo corpo ti manda. Controlli ogni minima cosa, imprigioni ogni tuo desiderio, ogni tuo interesse, e tutto per rendere felici gli altri, quelli a cui tieni, dimenticandoti di te stesso. Ecco quello che sei! Un dannato impostore, un mentitore, un simulatore! E sono così disarmato di fronte alla tua ingenuità, perchè non ha confini Christian, e non dirmi che le tue scopate con le donne erano piene di enfasi e desiderio perchè non ci credo!"

Il fremito che lo scosse fu così intenso da non riuscire a

nasconderlo, non solo gli aveva detto in cinque minuti quello che lui aveva nascosto per una vita intera, aveva anche fatto di più.

Lo aveva smascherato.

Certo non sapeva cosa lui avesse fatto, nè della lettera, nè del fatto che gli avesse taciuto una verità sconvolgente, ma si sentì così disgustato da desiderare di vomitargli addosso tutto quanto.

Poi accadde un fatto, Sam fece una cosa che non si sarebbe mai aspettato.

Gli prese la testa e se lo tirò addosso, baciandolo con una forza che quasi gli fece male.

Fu quasi un morso piuttosto che un bacio, ma per un breve istante ebbe l'impressione che quelle labbra avessero desiderato schiudersi invece di restare sigillate in quel modo.

"Lo senti Christian? Quel 'qualcosa' che non comprendi? Quel caldo estremo risalirti dalle gambe fino a gonfiarti il pene? Guardati! Per una volta non mentire e cerca di comprendere chi sei."

L'erezione del medico divenne così evidente da piegarlo dal dolore, Sam gli arpionò la mano e lo trascinò nel sentiero sterrato che conduceva alla piccola rimessa degli attrezzi, lo spinse dentro con forza, quindi iniziò a slacciarsi i pantaloni.

"Coraggio lasciati andare, altrimenti ti sentirai male e soffrirai come un cane!" disse, cercando di calmarlo, gli occhi di Christian divennero due palle luminose, c'era meraviglia in quella luce ma anche terrore.

Avrebbe voluto scappare, avrebbe dovuto scappare, ma il suo corpo non seppe muoversi di fronte all'impeto, al desiderio che in quel momento provò fin dentro le viscere.

La prima volta fu veloce, quasi brusca, a causa dell'intenso desiderio accumulato nell'ultimo periodo, tanto che Christian agì come se fosse in preda ad una bramosia incontrollabile.

Si lasciò slacciare i pantaloni della divisa senza essere in grado di muoversi, e quando Sam gli calò le mutande la sua asta rosso fuoco, turgida, si eresse in tutta la sua maestosità.

Sam lo baciò di prepotenza e, senza mai staccarsi da quelle labbra che si schiusero accogliendolo, lo abbracciò così forte che quasi gli spezzò il fiato.

In quello stesso momento, sentì il cuore di Christian battere all'impazzata contro le costole, quasi che cercasse di uscirgli dal petto, mentre assaporava quelle labbra calde e bramose.

In un battito di ciglia Christian raggiunse un orgasmo spaventoso mai provato prima, perse quasi i sensi a causa dell'intensa emozione che provò, ma Sam non lo lasciò andare perchè in realtà non avrebbe voluto che finisse.

E fu di nuovo l'impeto per entrambi.

La seconda volta fu invece lenta, ma stuzzicante, Sam toccò ogni centimetro del corpo di Christian, assaporò tutto di lui, fissando di tanto in tanto lo sguardo famelico sul suo viso, conscio del fatto che quel giovane medico aveva appena scoperto sè stesso e la sua natura.

Christian si concentrò sugli istinti che, gradatamente, si andavano liberando da quella gabbia in cui lui li aveva sempre rinchiusi, iniziando a conoscere chi in realtà lui fosse.

Fu Sam a guidare la sua mano, fino a quando non riuscì a raggiungere la gioia.

Ma non era ancora finita perchè quell'assaggio di corpi, quel piacere scoperto e intenso, era destinato a continuare.

Ad un tratto Sam lo sovrastò, Christian si trovò suo malgrado a carponi e, senza comprendere pienamente quel gesto, si lasciò prendere, perchè sapeva che era quello che voleva di più in quel momento.

La terza volta fu completa, completa e disperata, perchè Christian ebbe l'impressione che fosse la prima e l'ultima della sua vita, e non solo a causa dell'atto che Sam stava per compiere rischiando la pelle, ma anche per la speranza di essere felice.

Quella sensazione sgradevole si diffuse nell'aria, soffocata dai sensi di colpa che, di nuovo, lo stavano invadendo, nonostante l'ansimare sempre più intenso di entrambi, nonostante i gemiti e lo sfrigolio dei loro corpi madidi di sudore, perchè l'immagine di Alma divenne un tarlo così potente da fargli ricordare che lui era un uomo che aveva sposato una donna, una donna in attesa di un figlio, che presto avrebbe avuto bisogno del padre.

Ma se anche quei pensieri devastanti stavano iniziando a torturarlo condannandolo a chissà quale inferno, il suo corpo non reagì di conseguenza, anzi, rimase bloccato in tutta la sua interezza come se avesse spezzato ogni collegamento con il cervello.

In quel tumulto di emozioni, odori e sensazioni lui quasi si perse, abbandonandosi all'esperienza di Sam e ai suoi sapienti tocchi e fu così naturale godere di quel piacere tanto agognato, un piacere che lo aveva portato a raggiungere un orgasmo spaventoso, togliendogli tutta l'energia che gli era rimasta dentro.

Sfinito e accasciato tra le braccia di Sam, il giovane dottore cercò i suoi occhi e quando li trovò non seppe tacere.

"Io non sapevo…"

"Aye! Non parlare. Goditi il momento, sei stato meraviglioso, sono felice di averti fatto scoprire cosa significa amare un uomo" Christian si bagnò le labbra istintivamente, quel gesto fece sorridere lo scozzese, passò un breve istante poi Christian si riscosse.

"Da quanto sei …"

"Diverso?" lo anticipò Sam.

"Sì."

"Da sempre, credo. All'inizio non è stato facile capirlo, ho avuto momenti di debolezza tali da farmi perdere la ragione, volevo confessare questa mia natura, ma poi il buon senso ha avuto la meglio. Diciamo che l'ho scoperto nella pubertà."

"Sei mai stato con una donna?"

"No, a differenza di te" quella esclamazione rese paonazzo Christian.

"Andrò all'inferno per questo e Alma spalancherà' la porta."

"Allora è così che si chiama tua moglie?"

"Già, una moglie che non ho mai desiderato sposare" disse.

Sam si spostò per mettersi più comodo, appoggiò la nuca sulla mano piegando l'avambraccio, quindi chiese "Vuoi parlarne?" Christian corrugò la fronte.

"A che scopo? Ormai sono in gabbia e non posso più farci niente. Sai, non ho mai compreso il motivo per cui non riuscivo a godere nel far sesso con lei, adesso l'ho capito."

"Aye, non devi rammaricarti, a volte è difficile comprendere, e tu sei uno che si tiene tutto dentro, quindi è ancora più complicato" fece una breve pausa, prese fiato e continuò "e se ti sei pentito… non hai che da dirmelo, mi farò da parte" disse, ma vide Christian ostentare una smorfia di disappunto, spostarsi e scuotere il capo.

"Non sono pentito, sono schiacciato dai sensi di colpa per aver tradito Alma, è questo il mio cruccio."

"Sei sicuro?" chiese Sam facendosi serio.

"Che razza di domanda è? Certo che ne sono sicuro!"

Lo scozzese lo guardò fisso, poi pronunciò parole che avrebbero spazzato per sempre quei dannati sensi di colpa dalla mente di Christian.

"Ti sbagli, non è per Alma che i tuoi sensi di colpa ti stanno schiacciando, in realtà ti pungolano ogni attimo, ogni istante, perchè non hai fatto altro che tradire te stesso da quando hai una coscienza. Ogni scelta, ogni decisione della tua vita è stata presa contro la tua volontà e tu non hai fatto altro che subire passivamente tutto, accettare ogni cosa senza reagire, finchè non ti sei trovato imprigionato in una vita che non volevi, che non sentivi. Tu non hai fatto altro che tradire te stesso, ecco perchè ti senti in colpa!"

Il giovane medico restò in silenzio, completamente scioccato di fronte a quelle rivelazioni, Sam aveva ragione ma su molto aveva anche torto. I sensi di colpa dovuti al segreto che era costretto a mantenere, non avrebbe mai potuto placarli fino a quando non gli avesse rivelato la verità.

Poi restava quell'atto meschino che aveva compiuto leggendo quella lettera, ecco, quello sarebbe stato sufficiente per far scappare a gambe levate Sam da uno come lui.

Ma non poteva rivelare nè l'uno nè l'altro, non ancora.

Alle undici di sera il capitano ricevette un messaggio in codice morse. Poche parole, ma sufficienti a farlo infuriare. Aprì l'archivio ed estrasse la cartella sigillata di Christian Lancaster, lesse voracemente tutte le informazioni finchè l'occhio cadde sul nome della moglie, Alma Fischer.

Chiuse la cartella con stizza, si alzò e raggiunse l'apparecchio telefonico appeso al muro. Avrebbe dovuto usarlo con parsimonia, perchè il morse era considerato più sicuro, ma tanta era la rabbia e la frustrazione che decise comunque di fare quella dannata telefonata.

"Passami Locwell" disse solo non appena prese la linea.

"Sì signore" l'addetto al centralino della Compagnia Britannica smistò immediatamente la telefonata all'interlocutore giusto.

"Ciao Edward cosa succede?" domandò Locwell, incredulo per quella telefonata inattesa.

"Da dove viene la richiesta di licenza del mio medico da campo Christian Lancaster?" l'uomo dall'altro capo del filo sospirò.

"Non creare problemi Edward, è una questione delicata, la licenza è stata richiesta da David Fisher. Sappiamo solo che non possiamo negargliela."

"Ma non era stato congedato quel gran figlio di puttana?" esordì con voce rancorosa, quasi furiosa.

"Sì, ma ci sta facendo un enorme favore, e come puoi immaginare i favori vanno ricambiati. Avvalla la licenza e comunica al medico che fra una decina di giorni potrà passare del tempo con sua moglie."

"Tempistica perfetta!" replicò inacidito, quindi chiuse la comunicazione, sbattè un pugno sul tavolo e imprecò ad alta voce.

Possibile che avessero rispolverato quel farabutto conservatore, tradizionalista reazionario, nonchè omofobo e razzista? Si era distinto nell'esercito, e non solo per le azioni discutibili che aveva contribuito a mettere in atto, ma anche per il fatto di essere stato un feroce manipolatore di vite e un promotore di azioni non proprio ortodosse.

Lo aveva conosciuto quando ancora era all'inizio della sua carriera, e ci aveva sbattuto il muso inevitabilmente. Era un uomo tutto d'un pezzo, che amava imporsi sempre e in ogni modo, soffocando ogni minima iniziativa che non partisse direttamente da lui.

Si era scontrato più volte con quell'uomo, ma a differenza di tutti gli altri era riuscito comunque a far carriera militare e a mettere chilometri di distanza da quel personaggio dispotico e arrogante.

Scosse il capo pensando a Christian Lancaster, e il dubbio che, quel matrimonio contratto con la figlia non fosse stato altro che il frutto di qualche manipolazione o imposizione, lo sfiorò in modo naturale, eppure optò per una certezza molto più facile da accettare, probabilmente era stata solo una coincidenza, niente di più.

Riordinò le carte che aveva spostato e sparpagliato sul tavolo a causa di quel pugno dirompente che gli era sfuggito senza controllo, poi decise che era ora di contattare Peter, l'unico uomo di fiducia che avrebbe potuto accogliere lo scozzese dall'altra parte del canale, sempre che questi fosse riuscito a compiere la traversata.

Il piano era semplice ma anche ricco d'imprevisti, dato che da qualche giorno girava voce di un imminente attacco sulle acque del canale.

Dai dispacci giunti a cadenza regolare, il capitano aveva saputo che gli obiettivi civili quali, porti minori, magazzini, fabbriche, erano stati quelli maggiormente colpiti, e che la mossa successiva da parte dei tedeschi sarebbe stata probabilmente quella di attaccare la difesa navale, pertanto i bombardamenti si sarebbero certamente spostati sulla costa a sud proprio nelle acque del Canale della Manica.

I tedeschi stavano tentando di mettere in ginocchio la popolazione inglese, rendendo inaccessibili e impraticabili tutte le vie di comunicazione, per poi prepararsi a sferrare l'attacco finale.

L'avrebbero semplicemente chiamata la battaglia d'Inghilterra, e se tutto fosse andato secondo i piani, sarebbe anche stata la prima probabile sconfitta dei tedeschi, sempre che Mister Watt fosse riuscito a giungere sulla cosa Inglese nei tempi giusti.

Preparò un messaggio per Peter, picchettò il tasto componendo il codice morse e glielo inviò, diceva solo : preparati – soccorso uomo con fune tra sette giorni – invio coordinate a breve –

Due giorni dopo arrivò il materiale per assemblare

l'imbarcazione, non c'era tempo per costruire una barca di sana pianta, così, in base alla lista che lo scozzese gli aveva prontamente fornito, era riuscito a trovare uno scafo da rifinire con l'allestimento interno da montare. Non c'era molto da fare se non quello di rendere l'imbarcazione sicura e stabile.

Arrivò anche un'enorme bobina che avvolgeva quella strana fune ricavata da un materiale nuovo, il nylon appunto, di cui si era molto sentito parlare.

Il capitano organizzò il deposito di tutto quanto, allestì una piccola aerea da lavoro dietro il capanno degli attrezzi, sotto la grande quercia quindi chiamò a rapporto sia Mclower e sia Lancaster.

Si presentarono sulla soglia, pronti a ricevere gli ordini, avevano il volto paonazzo e una strana espressione dipinta sul viso, per un istante il capitano ebbe un presentimento che non avrebbe restituito niente di buono.

"Sedetevi" ordinò, quindi attese che i due prendessero posto di fronte a lui, fu allora che cominciò a parlare.

"Non desidero essere interrotto, pertanto lasciatemi parlare, poi se sarà opportuno ascolterò le vostre domande" fece una pausa d'attesa per tastare le loro reazioni, annuirono all'unisono e attesero che riprendesse la conversazione.

"Il materiale per la barca è arrivato, si tratta di uno scafo già pronto ma ancora da rifinire, Mclower penserà a fare il lavoro. Il nylon è giunto anch'esso avvolto in una enorme bobina, dovremmo testarne il peso, inzuppandolo nell'acqua e simulando un cappio attorno al corpo di Sam, in modo da renderci conto di quanta fatica gli costerà trasportarlo per trentaquattro chilometri, tenendo conto che a mano a mano che si srotolerà e si distenderà in mare, il suo peso aumenterà in proporzione alla lunghezza di distensione. Questo problema mi ha tolto il sonno per due notti. Certo il peso in acqua è dimezzato, tuttavia non sappiamo quanto Sam sia in grado di sopportare, l'unica cosa è quella di affidarci alla buona sorte. Nel caso la missione fallisse e Sam non riuscisse a farcela, dovremo tentare la traversata con mezzi anfibi, col rischio ovvio di essere bombardati. Il carico speciale di cui non posso ancora dire nulla, deve assolutamente giungere a destinazione! Per quanto riguarda lei, Lancaster, faccia tutto quanto il possibile affinchè Sam sia in forze e, se lo reputa giusto, gli somministri qualche farmaco in grado di proteggerlo da eventuali danni che il freddo dell'acqua e la fatica, gli potrebbero causare. Ora potete parlare se lo volete."

Fu Sam a dire la sua anticipando di qualche secondo Christian.

"Supponiamo che riesca nell'impresa, chi mi accoglierà dall'altra sponda?"

"Si chiama Peter, penserà lui a tutto" poi Christian intervenne.

"Quale sarà il mio compito in seguito?" il capitano sospirò.

"Porterà la barca dall'altra parte, agganciandola alla fune-guida."

"Quando dovremo farlo?" a quel punto il capitano si rivolse a Sam.

"Avete solo tre giorni per fare tutto, il quarto dobbiamo agire. Ho trovato l'attrezzatura per il nuoto, sembra di ottima qualità, avrà anche una maschera, non si sa mai cosa giri in quelle torbide acque. Un'ultima cosa, io partirò oggi stesso, se qualcosa dovesse andare storto usate il telefono, mi troverete a questo numero. Potete andare!" concluse estraendo un biglietto piegato per poi consegnarlo nelle mani di Lancaster.

Christian convinse Sam a seguirlo in infermeria, chiuse la porta a chiave e disse "Spogliati, voglio auscultare il tuo torace" era serio e professionale, un volto che Sam non aveva ancora conosciuto.
"Aye! Mi fai quasi soggezione quando fai il medico" scherzò di riflesso per sciogliere la tensione.
Si tolse la giacca della divisa, la maglia e restò a torso nudo.
Gli occhi del medico scintillarono senza controllo, era dura, era difficile controllarsi dopo quello che era successo.
Deglutì e si sforzò di domare, senza successo, lo spaventoso rigonfiamento che lo colse impreparato.
"Cristo… non è possibile" mormorò sgomento, Sam trattenne

una risata ma non riuscì a controllare i suoi pensieri.

"Sei sicuro che vuoi continuare?"

"Non dire stronzate, coraggio siediti su quello sgabello" aggiunse, estraendo lo stetoscopio, lo scozzese ubbidì e attese che Christian gli poggiasse quell'arnese sulla schiena.

Al primo contatto Sam ebbe un fremito.

"È freddo!"

"Lo è sempre, stai zitto e fermo" ordinò, e si concentrò sui rumori provenienti dai suoi organi.

E mentre lo visitava con attenzione e serietà, guardava quella schiena muscolosa fremendo dal desiderio, i muscoli dorsali, le scapole ben fatte e la colonna in linea perfetta, ammirò le spalle larghe, i bicipiti scolpiti, e gli avambracci poderosi. Era un pezzo da novanta quel maledetto scozzese, anche un uomo senza desideri reconditi non avrebbe potuto non ammirarlo

"Allora qual è la diagnosi?" il tono scherzoso non smosse di un millimetro la concentrazione del giovane medico.

"Stai maledettamente bene" rispose Christian, a quella risposta

Sam alzò il sopracciglio destro.

"Sembra che ti dispiaccia."

"Non far finta di non capire, lo sai benissimo che reputo un'idiozia la tua idea di nuotare per trentaquattro chilometri, tuttavia la rispetto, ma non posso e non voglio fingere che la cosa non mi disturbi."

Ripose lo stetoscopio, prese metri da quel corpo statuario, poi esclamò "Rivestiti, ti prego, comincia a farmi male, non riesco più a resistere… " fece fatica a dirlo, ma se non l'avesse fatto avrebbe rischiato di saltargli addosso.

Sam ubbidì, si alzò in piedi e lo raggiunse appoggiandosi dietro a lui.

"Sono nelle tue stesse condizioni. Lo senti? Dai usciamo, andiamo a dare un'occhiata all'area di lavoro, sono certo che a quest'ora sia ormai deserto la fuori."

Il medico si girò, aveva le sue labbra a pochi centimetri, la voglia di baciarlo divenne quasi incontenibile.

"Sì, andiamo" mormorò soltanto.

E mentre lo seguiva come ipnotizzato da quel desiderio fisico che lo stava facendo ammattire, Christian ebbe la consapevolezza che non avrebbe mai più voluto rinunciare a ciò che in quel momento stava provando.

E nonostante i segreti, i sensi di colpa. Alma e suo figlio in arrivo, giurò a sè stesso che avrebbe trovato un modo per continuare ad avere Sam, anche quando questa guerra fosse finita.

Lo aveva stravolto, catapultato in un altro mondo, reso edotto del piacere tanto desiderato, agognato, da trasformare la sua esistenza in qualcosa per cui valesse la pena vivere.

Lo stato d'inadeguatezza era scomparso, al suo posto un nuova condizione era emersa, affascinante, sconosciuta, che premeva e premeva fino a fargli perdere il senno.

Affiorò in lui anche una sorta di bramosia aggressiva che non gli permise di controllarsi, che si manifestò all'improvviso lasciando Sam senza fiato.

Appena fu all'interno di quel deposito appena allestito, il

medico lo spinse contro la parete di legno, anche lui vantava una certa mole, non certo come quella di Sam, ma col suo metro e ottantaquattro e i suoi quasi ottanta chili, riuscì a immobilizzarlo senza molto sforzo.

Quella maniera audace, quel modo brusco fecero eccitare Sam come mai gli era successo prima,

"Toccami ti prego… sto andando a fuoco" gli sussurrò con voce suadente.

Christian gli strappò quasi la giacca, gli tolse la maglia e toccò quel torace poderoso che, qualche attimo prima aveva potuto solo ammirare, gli slacciò la cintura con foga calandogli le mutande e i calzoni assieme.

Sam fece altrettanto con lui, lo privò dei vestiti con prepotenza e in meno di un attimo furono nudi uno davanti all'altro.

L'impeto, la foga e la passione li travolse. Si accasciarono a terra assetati l'uno dall'altro, in preda al desiderio folle di non capire nè dove fossero nè quale rischio avrebbero corso, nel caso qualcuno gli avesse scoperti, perchè troppo grande era la voglia di esplorarsi, di toccarsi, di conoscersi.

Nemmeno con Adam gli era successo di perdere così il controllo e la ragione, questo tipo di voglia, di desiderio, era di un'altra forma.

E come un vortice impetuoso si lasciò andare permettendo che Christian conducesse per primo, che lo esplorasse, lo mordesse, lo baciasse, e lo penetrasse. Aveva capito subito di che pasta era fatto, e il modo in cui aveva preso l'iniziativa non faceva altro che esaltarne le qualità.

Quando, esausti ed appagati di un godimento senza limiti, smisero di toccarsi, si rivestirono ed uscirono a prendere una boccata d'aria.

La notte era silenziosa, di tanto in tanto si udivano i boati in lontananza di qualche scoppio attutito dalla folta vegetazione, eppure guardando i loro visi si aveva l'impressione che la guerra non li avesse minimamente scalfiti, nonostante la devastazione, il pericolo a cui sarebbero presto andati incontro.

Fu in quel momento di calma apparente che Sam si confessò.

"Avevo una storia prima di arruolarmi", Christian mandò giù un groppo di saliva accumulatosi all'improvviso, sperando che lui continuasse a parlare, pochi istanti e fu accontentato, "Si chiama Adam ed è stato molto importante per me."

"È stato?" la voce del medico si fece intensa.

"Sì, ho chiuso prima di partire."

"Perche?"

"Ho capito che mi aveva messo in una gabbia e non voleva farmi uscire. Quando ho ricevuto la chiamata ho potuto conoscere la natura che aveva sempre celato, la sua fragilità di uomo, e il suo assurdo senso di proprietà nei miei confronti. Ho sempre detestato che qualcuno m'imponesse la sua volontà, io voglio essere un uomo libero."

Christian ascoltò con attenzione ogni singola sillaba che aveva pronunciato, rendendosi conto che, a differenza di lui, aveva sempre dovuto accettare la volontà altrui.

"Lo dici ad uno che l'ha sempre dovuta subire" mormorò, lo scozzese annuì.

"Aye, lo avevo capito, adesso però sembri diverso."

"Sei tu che in qualche modo mi hai aperto gli occhi, e se anche sono sposato con una donna che mi è stata imposta, la quale metterà al mondo un figlio che non ho mai desiderato, farò di tutto per non rinunciare a quello che ho provato stando con te. Se la mia natura è questa, andrò fin in fondo pur di essere felice" lo scozzese si riscosse come se dei brividi improvvisi gli avessero carezzato la pelle.

"Aye questo si che è un bel parlare! E come farai?" il medico lo guardò fisso, prese fiato e replicò "Farò in modo di avere due vite, una con l'affetto di una donna, e l'altra con l'amore di uomo, di un uomo come te…"

A Sam gli si illuminarono gli occhi, quella confessione con una smisurata sincerità lo disarmò.

"Aye… mi piacerebbe continuare."

"Promettimi che non morirai in quel dannato canale!" esclamò tutto d'un tratto Christian, Sam si avvicinò alle sue labbra, gli regalò un tenero bacio, quindi rispose "Lo prometto."

La Traversata

Nei due giorni precedenti Sam aveva lavorato come un pazzo per terminare nei tempi stabiliti l'assemblaggio della barca, mentre Christian si era occupato del lavoro in infermeria e, di tanto in tanto, era riuscito a raggiungerlo con la scusa di assicurarsi che stesse bene.

Al calare della notte entrambi erano sgusciati all'esterno per ritrovarsi nel capanno degli attrezzi.
Come due folli si erano amati, cercando di sfruttare ogni attimo di quel tempo che ormai era agli sgoccioli, per conoscersi più a

fondo, dando libero sfogo alla passione della carne, che sembrava impetuosa e senza fine, come se quel tempo fosse l'ultimo, in modo da rendere più accettabili le loro precarie esistenze.

Lo scozzese aveva chiesto notizie della lettera, adducendo al fatto che gli era sembrato assurdo che Adam non lo avesse nemmeno degnato di una risposta, e Christian sempre più preoccupato di quelle domande, lo aveva convinto che probabilmente la lettera era andata perduta, cosa che succedeva spesso alla corrispondenza in tempo di guerra.

Il capitano Edward Cronenberg era partito lo stesso giorno che avevano definito la missione, presto tutto sarebbe stato pronto per portare a termine quanto stabilito dal piano.

In ultimo Sam aveva simulato il peso del nylon sopra di sè restandone sbalordito.

Quell'insolita fune, non solo non si era impregnata di acqua, non aveva nemmeno aumentato il suo peso, dato che si era rivelata impermeabile e straordinariamente leggera.

Era giunta l'ora di partire e di trasformare in azione quell'idea strampalata che pareva irrealizzabile.

Sam si era equipaggiato ed aveva raggiunto il punto preciso individuato tramite la mappa che il capitano gli aveva consegnato.

Dal campo base al punto d'immersione ci era arrivato tramite un mezzo che Christian aveva guidato col benestare precedente del capitano.

La bobina con il nylon arrotolato era stata caricata nell'ampio scomparto del mezzo tramite una banale carrucola, che presto avrebbero riutilizzato per scaricarla nuovamente.

Compiute le manovre nei minimi dettagli, si ritrovarono in prossimità della piccola insenatura dietro la quale, a soli sei chilometri da dove si trovavano, svettava in tutta la sua maestosità la scogliera di Dover.

Pareva un punto irraggiungibile, ma la mappa in loro possesso non era una semplice cartina geografica, dettagliava soprattutto i raccordi e le strade sterrate che la Compagnia Britannica teneva segrete, utili appunto a scopi militari.

Non solo, il capitano aveva fornito in dettaglio tutte le coordinate, poichè si era preoccupato di perlustrare la zona prima di partire.

Giunti sulla spiaggia, Sam scese dal mezzo, aprì il vano e scaricò la bobina facendo forza sulla corda della carrucola, Christian la fece rotolare sulla sabbia di ciottoli sino al punto stabilito in cui un grande masso di un colore più scuro, svettava indisturbato.

"E' ora che mi spalmi il grasso di balena. Ho ancora pochi minuti poi devo immergermi" disse Sam estraendo la muta e le pinne.

"D'accordo" disse Christian, cercando di domare quel senso d'oppressione che iniziava a risalirgli dalle gambe.

Gli passò il immediatamente barattolo mentre lo scozzese si toglieva l'ultimo indumento che ancora ricopriva la sua pelle. Non ci fu nè il tempo nè la volontà di toccarsi in quel momento, la paura e il gelido vento che soffiava dal mare, ebbero la meglio. Sam si spalmò il grasso dappertutto, indossò la muta, le pinne e la maschera, Christian preparò la fune e gliela consegnò in modo che la fissasse ai ganci, posizionati sulla cintura allacciata sui fianchi.

Fu in quel momento che Christian si avvicinò.

"Aspetterò qui fino a quando non riceverò il segnale che sei giunto dall'altra parte."

"Aye, la notte è lunga, vedrai che prima che il sole sorga sarò giunto sano e salvo" replicò convinto girandogli le spalle.

"Sam…" quel tono preoccupato lo bloccò e lo fece voltare nuovamente.

"Non dire niente."

"Solo una cosa."

"Cosa?"

"Hai promesso, ricordi?"

"Sì, ci vediamo presto" concluse, poi sparì in quelle acque nere e agitate.

A mano a mano che si allontanava dalla costa, la bobina, fissata appositamente si srotolava come un banale rocchetto di filo.

Avevano oliato il perno in modo che scorresse senza impedimenti, e nella prima ora tutto sembrò procedere a ritmo costante.

Christian controllava che la fune scivolasse, cercando di stabilire le ore che mancavano, per occupare il suo cervello in modo da non farsi prendere dalla paura e dalla preoccupazione.

Il vento gli frustava il viso facendolo rabbrividire non poco, eppure pensando a Sam in quelle acque, la cui temperatura avrebbe potuto anche scendere fino a tredici gradi, si sentì ridicolo, non tutti possedevano la pellaccia dura di quello scozzese che sembrava immune alle intemperie.

Passò un'altra ora e Christian si assopì, fu svegliato da un fragore immane, quasi un tuono che lo trapassò da parte a parte. Sobbalzò improvvisamente e in un battito di ciglia, un altro boato lo colse impreparato.

Si portò le mani agli occhi, quasi che quel lampo l'avesse accecato, ma la consapevolezza di ciò che stava accadendo gli diede la forza di riaprire gli occhi e di controllare la fune.

Era immobile e lui non sapeva da quanto tempo.

Un altro boato lo costrinse ad appiattirsi, realizzò immediatamente che le previsioni di bombardamenti notturni sul canale si erano rivelate errate, dato che si stavano verificando e nessuno aveva dato adito a questa eventualità.

Non era possibile che stesse accadendo davvero!

Preso dal panico cominciò ad imprecare ad alta voce come se servisse a far smuovere quella maledetta fune dalla mortale immobilità, Sam doveva farcela glielo aveva promesso, maledizione!

Sembrò non temere per la propria vita, poichè l'unica preoccupazione, che al momento lo martellava prepotentemente, era il fatto che Sam stava nuotando in un canale, teatro improvviso di una serie di bombardamenti, cominciati da qualche istante, i cui boati assordanti si susseguivano ininterrottamente trasformando quella notte di tenebra in un cielo infuocato e abbagliante.

E mentre le detonazioni e i bagliori lo costrinsero a nascondersi tra i cespugli, lasciando incustodita la bobina, si ritrovò a pregare per Sam, perchè riuscisse in quella maledetta impresa, peraltro frutto di una bizzarra idea partorita a causa di quel carattere impavido e sanguigno che si ritrovava, un carattere maledettamente aleatorio.

Passò un lasso di tempo indefinito, Christian scorazzava avanti e indietro ad ogni breve pausa di quei fragori assordanti, per controllare la fune, sperando che questa si muovesse di nuovo.

Alla terza rincorsa notò un movimento deciso, la fune aveva ripreso a srotolarsi, pazzesco fu il suo urlo sovrastato dal caos dei rumori, come incredibile fu la sua reazione, s'inginocchiò di fronte a quegli scoppi assordanti come se fosse invincibile e urlò a squarciagola "Bastardi! Crucchi, non ce la farete a fermare quel dannato scozzese!" ma nel momento stesso in cui l'adrenalina si esaurì cominciò a pensare che avrebbero potuto succedere decine d' intoppi simili a quelli durante la nottata, e che lui non avrebbe potuto farci niente.

Si accasciò esausto e spossato nel suo nascondiglio e guardò quello spettacolo terrificante davanti a sè, avevano proprio scelto la nottata sbagliata per quella dannata traversata, prima di questa nessun bombardamento si era verificato, sembrava proprio che il destino si stesse beffando di loro.

Tra le immagini che in quelle ore mise a fuoco, ci fu spazio anche per il volto di Alma. Una ragazza semplice ma succube del padre, come del resto lo era stato anche lui in tutti questi anni. Le aveva scritto lettere e lettere ripetendo sempre e costantemente che gli mancava, che non vedeva l'ora di riabbracciarlo e di mostrargli la pancia che stava crescendo. A quel pensiero Christian si sentì morire, perchè di fatto lui non aveva ancora voluto pensare realmente a quel figlio, forse perchè finora reale non lo era, non essendo ancora nato, ma sarebbe arrivato presto il momento di farsene una ragione.

Ma c'era anche un altro fatto che aveva dell'incredibile, la consapevolezza di ciò che aveva scoperto di sè stesso in questi ultimi giorni, in luogo di farlo precipitare in un pozzo nero, lo aveva reso edotto di nuove possibilità.

Avrebbe affrontato la sua vita ordinaria con un altro piglio, con una nuova speranza, perchè la convinzione di riuscire a mantenere un legame con Sam anche dopo, lo avrebbe aiutato nel tempo a sopportare la realtà della sua esistenza, sapendo di mantenere vivo quell'amore smisurato che aveva iniziato a farsi strada dentro di lui.

Ecco lo aveva pensato! Non era stata semplice attrazione fisica, non era stato solo sesso, quell'emozione che aveva squarciato il suo muscolo come un pugnale aguzzo si era fatta strada ed era affiorata come una tempesta, catapultandolo in un'altra dimensione. Sam era nei suoi sogni, nella sua quotidianità, nei suoi pensieri ordinari, nella sua pelle, in ogni parte di lui.

Se fosse sopravvissuto avrebbe, forse, trovato il coraggio di confessare i suoi segreti, sperando che lui lo perdonasse.

Finalmente calò il silenzio, i bombardamenti cessarono all'improvviso e Christian potè ritornare a controllare la fune senza correre di nuovo il rischio di essere colpito.

Tutto procedeva a ritmo costante, a occhio e croce lo scozzese avrebbe potuto toccare l'altra sponda nel giro di un paio d'ore.

Quando la bobina avesse esaurito la sua 'lenza', con tutta probabilità avrebbe significato la fine della traversata, sarebbe stato quello il momento di ritornare al campo base e attendere istruzioni dal capitano, che gli avrebbe fatto sapere quando compiere la prima traversata con la barca testandone la traiettoria.

Sembrava un piano semplice, tuttavia dopo l'improvviso bombardamento appena conclusosi, nulla era scontato e nessuno sarebbe stato ancora al sicuro.

Francia

Edward Cronenberg giunse nel pressi della pensione in cui alloggiava Robert Watt. Si erano dati appuntamento in un piccolo bar, da probabili turisti per non dare nell'occhio, presto sarebbero partiti per Calais facendo almeno due tappe.

Trovò un tavolino appartato e si sedette abbassando lo sguardo, l'ultima cosa che avrebbe voluto sarebbe stata quella di essere notato. Indossava una camicia colorata e un paio di calzoni in cotone color panna, chiunque avesse posato lo sguardo su di lui lo avrebbe scambiato per un viaggiatore.

La Francia si stava arrendendo alla forza dirompente dei tedeschi, ma in quel luogo regnava ancora una calma che presto sarebbe stata spezzata, lasciando il posto alla paura e alla devastazione.

Gli sembrava assurdo aver avvallato quell'idea così bizzarra che aveva costretto quello scozzese a compiere una vera e propria impresa fisica, tuttavia gli era parsa l'unica maniera per trasportare quell'uomo, dato che le strade impraticabili e i posti di blocco tedeschi avrebbero potuto rappresentare un vero e proprio problema, e lui non avrebbe potuto rischiare la vita di un uomo così importante.

Certo i rischi non sarebbero mancati nemmeno nella soluzione che aveva scelto, tuttavia quel diversivo che aveva preventivato, sarebbe servito a canalizzare gli eventuali bombardamenti lontano dalla barca che avrebbero utilizzato.

"Per me un whiskey grazie!" la voce di Robert gli giunse alle spalle, il capitano si voltò e l'immagine che gli si parò innanzi gli strappò una risata, il fisico, nonchè scienziato scozzese, pareva fosse uscito da un museo di reperti storici; portava un cappello bizzarro sulla testa, un paio di calzoni al ginocchio e una camicia color caramello

"Robert…"

"Che c'è? Non le piace la mia tenuta? Ho pensato che vestito in questo modo nessuno mi avrebbe preso sul serio."

"Bè c'è una certa logica nelle sue parole."

"Allora questo whiskey? " il graduato chiamò il cameriere e ne ordinò due, quindi attese che l'uomo si sedesse prima di iniziare a metterlo al corrente della strada che avrebbero dovuto fare.

Avrebbero viaggiato con un autobus di linea, solitamente quei mezzi trasportavano donne e bambini e qualche anziano, pertanto se fossero riusciti a mescolarsi tra loro avrebbero rischiato meno controlli.

Naturalmente erano dotati di falsi documenti, anche se il problema del controllo della frontiera era stato eliminato, grazie appunto al trasporto via mare che avevano architettato di proposito.

I due uomini discorsero del più e del meno come se fossero realmente due turisti, quindi si alzarono dal bar e raggiunsero, con un bagaglio non troppo ingombrante, lo spiazzo in cui il mezzo aveva appena parcheggiato.

Comprarono il biglietto e salirono dirigendosi in prossimità delle uscite, avrebbe potuto essere utile avere una via di fuga vicina, nel caso avessero improvvisamente bombardato, cosa che speravano vivamente non si verificasse.

A mano a mano che la gente saliva ci si accorgeva di quanto la realtà fosse terribile, spaventosa e agghiacciante.

Donne spossate con figli attaccati alle gonne mostravano espressioni tali da non avere vocaboli a portata di mano per descriverle, vecchi i cui occhi infossati restituivano solo un'infinita arrendevolezza, come se avessero passato una vita nel tentativo di dimenticare il primo grande conflitto senza riuscirci, ed ora sembravano arrendersi di fronte a quest'altro ancora più vasto e terribile .

Robert guardò in faccia a Edward e disse "Non permetterò a me stesso di avere quello sguardo un giorno, perchè nel momento in cui capissi di essermi arreso alla vita, cercherei di farmi fuori!"

"Sono parole dure, non crede?" ribattè il graduato, "Sì lo sono, ma sono giuste per me. Preferisco morire ricco di ricordi, che vivere col peso dei rimpianti, ecco credo che sia questo a farmi dire certe cose."

Il capitano annuì, si stirò le gambe e rispose "Credo di capire, i rimpianti cominciano a sotterrarti quando stai ancora respirando, e io non desidero avere il fiato corto per il resto dei miei giorni."

"Ben detto Mister Cronenberg."

"Sarebbe ora che rendessimo più credibile il nostro status di turisti, pertanto propongo di darci del tu" aggiunse poi il capitano.

"Buona idea Edward!"

Il viaggio fu lento e costellato di diversi rallentamenti dovuti alle numerose strade e ai bivi poco segnalati e bisognosi di manutenzione, tuttavia il fatto che la Francia si fosse già arresa ai tedeschi, rendeva il viaggio quasi sicuro, in quanto quasi immune da bombardamenti, anche se qualche episodio sporadico avrebbe anche potuto perpetuarsi.

Anche questo fatto aveva contribuito ad avvallare la traversata sulla Manica, dato che l'Inghilterra, futura terra di conquista secondo le strategie tedesche, sarebbe stata bersagliata da una miriade di bombe tali da voler spezzare con ogni mezzo le difese inglesi, cosa che se tutto fosse andato secondo i piani, avrebbe riservato non poche sorprese ai nazisti.

Finalmente arrivarono a una ventina di chilometri da Calais, si sistemarono in una pensione pulita che avrebbe anche preparato una sorta di ristoro con cibo e bevande, e avrebbero passato la notte.

Edward si sarebbe messo in contatto con Peter per avere notizia di Sam, in modo da ripartire nel pomeriggio del giorno successivo e raggiungere Calais al crepuscolo.

Trentaquattro Chilometri

(Sam)

Freddo, tenebra, crampi, indolenzimento, il mio corpo si muoveva ma la mente era altrove. Cercavo disperatamente la forza, ma questa se ne andava lasciandomi senza nervo, poi ad ogni mio ordine ritornava rinvigorendo i miei muscoli, irrorando col sangue che pompava a più non posso le cosce e i polpacci, tenendoli tesi, per dar modo di spingere in quell'acqua torbida che mi annebbiava i sensi.

Le bracciate costanti e ripetute talvolta mi parevano estranee, poichè sembravano appartenere ad un altro corpo, invece era il mio che urlava di dolore per l'immensa fatica che stavo compiendo.

Poi uno scoppio improvviso fece schizzare il mio cuore fin quasi fuori dal petto, e un bagliore accecante mi costrinse a cessare l'andatura e a girarmi di schiena cercando di restare a galla.

Era un sogno o stavano veramente cadendo delle bombe? La fune non si era appesantita, tuttavia l'attrito causato dal suo distendersi mi costringeva a muovere gli arti in simultanea, per non dover affondare.

Guardai il cielo nero illuminarsi e per un istante immaginai di essere da un'altra parte, forse ad una festa, dove uno spettacolo pirotecnico intratteneva gli ospiti chiamati a gran voce per guardare quelle luci meravigliose.

E invece erano bombe dannazione! Ordigni minacciosi che cadevano tutt'intorno e morivano in profondità quando l'acqua riusciva a soffocare anche l'ultimo scoppio.

Non sapevo dove fossi, quante ore avessi nuotato, se la

direzione fosse quella giusta, nonostante avessi con me una sorta di bussola subacquea in grado di dirigermi sulla medesima linea da quando avevo iniziato a nuotare.

La mia mente si allontanò dal mio corpo e mi restituì l'immagine di Christian.

Mi sembrò di vederlo su quella spiaggia, con gli occhi sbarrati per le detonazioni inattese, con lo sguardo fisso sulla fune , che aveva smesso di srotolarsi, a causa della mia pausa forzata.

Ma io dovevo riprendere forza, fiato, convinzione e attendere che il mio corpo ricominciasse a funzionare correttamente.

Restai girato di schiena per non so quanto tempo, ricordando quel naufragio che mi aveva costretto nella medesima posizione, unica differenza erano state quelle onde alte quanto montagne, che mi avevano minacciato durante la tempesta, in questa impresa, invece, erano le bombe a terrorizzarmi, se solo ne fosse caduta una a qualche decina di metri, sarei stato spedito immediatamente in fondo al canale.

Ancora una volta mi chiesi il motivo per cui cercassi sempre il pericolo, lo sfidassi, e ci andassi incontro consapevolmente, ma la risposta restò muta come tutte le altre volte che avevo riflettuto su questo mia incoscienza nativa.

D'ora in poi, fossi scampato a questa follia, avrei messo la testa a posto, perchè ciò che mi aveva confessato Christian mi era penetrato dentro, infondendomi una sorta di speranza nel futuro, di speranza per noi due.

Mi sarebbe piaciuto continuare con lui anche dopo, perchè era un rapporto diverso rispetto a quello vissuto con Adam, questa sarebbe stata una relazione alla pari.

Pensai al piacevole odore della sua pelle, così diverso da quello muschiato di Adam, ma più intenso e delicato, rammentai i suoi tocchi decisi, la sua prima iniziativa, e affiorò in me una nuova consapevolezza.

 Mi piaceva quel giovane dottore, amavo la sua postura che si faceva goffa quando era preoccupato, i suoi occhi intensi e maledettamente disarmanti, la sua non conoscenza del corpo, che mi permetteva di esplorare nuovi modi per farlo godere, ma soprattutto amavo il modo in cui aveva affrontato la sua diversità, e l'aveva sperimentata sul suo corpo ricavandone un piacere immenso.

Ecco era stato quello che mi aveva disarmato. Anch'io assieme a lui avevo provato sensazioni intense e completamente diverse da tutto ciò che avevo sperimentato prima, non sapevo ancora definirlo, dargli un nome, sapevo solo che non avrei mai più potuto farne a meno.

Mai più.

E mentre la mia mente vagava negli abissi dei miei pensieri e delle mie considerazioni, il cielo tornò di tenebra e le detonazioni cessarono all'improvviso. I rombi in lontananza degli aerei mi fecero comprendere che l'avevo scampata anche questa volta e che potevo riprendere a nuotare.

Ripresi a macinare bracciate su bracciate facendo un enorme sforzo, quando sentii nuovamente la tensione della fune che, per qualche attimo, mi trascinò sotto.

Emersi quasi subito ma dovetti intensificare la forza nelle

gambe per andare più veloce ed evitare che quel guinzaglio, che mi legava fin dall'altra parte del canale, potesse farmi affondare troppo.

Dopo un tempo infinito, non seppi dire quanto, notai che il cielo si era fatto blu, intensificai ancora di più le bracciate, l'alba stava per cacciare l'oscura tenebra che, fino a quel momento, mi aveva avvolto come una soffice coperta nera.

Poi scorsi il lembo di terra dall'altra parte e l'adrenalina mi salì alle stelle, sembrò incredibile ma quell'immagine, ancora sfuocata e tremolante ai miei occhi, mi fece comprendere che ce l'avevo quasi fatta!

Toccai la terra strisciando come un verme, il fiato corto e il corpo allo stremo m'impedirono di alzarmi.

Una mano sconosciuta arpionò la mia fune tesa fino al punto di farmi scivolare di nuovo in acqua, l'avvolse con uno strano arnese, qualche secondo e la staccò dai ganci della mia cintura.

"Tranquillo ragazzo, sono Peter, il capitano mi ha mandato a prenderti" disse con voce calma avvicinandosi al mio orecchio.

"Aye, grazie" risposi privo di energia ma ancora vigile e intento a guardare le manovre che quell'uomo stava facendo con quella fune di nylon.

Lo vidi agganciare la fune ad un asta in metallo, evidentemente piantata in precedenza, e fissare il tutto in modo che fosse a pelo d'acqua, la sua invisibilità divenne quasi una certezza.

"Coraggio andiamo, sono felice che tu ce l'abbia fatta, hai fatto un miracolo sai? Non avrei scommesso un penny su di te! Fai un ultimo sforzo, c'è una colazione abbondante che ti aspetta e un letto caldo per riposarti. Ho già avvertito il campo base con il packset" disse, lo guardai come se fosse un essere arrivato da un altro mondo.

"Il packset?! Che diavoleria è?" la mia uscita lo fece sorridere di gusto, "E' una specie di radio trasmittente, sai l'esercito non ha badato a spese se si tratta di combattere i tedeschi. Coraggio aggrappati a me, è tempo di andare."

Lavai via il fetore del mio corpo con acqua calda e sapone, quindi indossai abiti puliti che Peter mi aveva prontamente fatto trovare in quello che a prima vista sembrava un magazzino abbandonato.

Mangiai una pagnotta, pancetta e uova, oltre a due pinte di birra e una mela, poi crollai in quel letto invitante e morbido, non feci in tempo a poggiare la testa sul cuscino che sprofondai in un sonno senza sogni, almeno lo sperai.

Udivo la voce di Adam in lontananza, sembrava imprecasse come faceva sempre quando una cosa non andava nel verso giusto, guardai nella giusta direzione e lo vidi che gesticolava come un pazzo.

Era in ginocchio davanti ad una strana roccia.

Allungai il passo per raggiungerlo prima del previsto e capire il motivo per cui la sua espressione era così sofferente.

Più spingevo accelerando il passo, più avevo l'impressione di rallentare, come se una corda invisibile mi trattenesse lontano da lui.

Sforzai al massimo i muscoli e quando mi accorsi che mancavano pochi passi, l'angoscia s'impossessò di me e paralizzò i miei arti, poi mi costrinsi a piegarmi, poichè ciò che misi a fuoco mi restituì il motivo della sua angoscia e afflizione.

Quella non era una roccia, era una lapide, incise sopra a chiare lettere, spiccava un nome, il mio nome!

Samuel McLower — 1940 -

Vidi Adam gemere convulsamente , disperarsi, costernarsi, piangeva per me, piangeva la mia morte!

Cercai di toccarlo, di fargli sapere che ero vivo ed ero dietro di lui, ma sembrò non sentirmi, allora gli urlai dietro sperando che almeno tornasse in sè e udisse chiaramente la mia voce, ma nemmeno quello servì, sembrava proprio che non mi vedesse ne' mi sentisse, come se io fossi uno spirito, un fantasma!

E proprio in quello stesso istante Adam pronunciò parole

senza senso, parole senza logica, parole che non avrei mai voluto sentire

"Sto arrivando Sam, presto saremo di nuovo assieme."

Sgranai gli occhi, la parete di legno incombeva sopra di me, potevo allungare il braccio e l'avrei toccata.

"*No!*" urlai come un pazzo, poi mi alzai improvvisamente e la testa picchiò prepotentemente contro quel legno.

"*Be' sei impazzito?*" una voce giunse alle mie spalle "non vedi che sei in un letto a castello?" continuò facendosi più chiara, più nitida.

Il dolore alla nuca mi stordì per qualche istante, poi tutto mi fu chiaro.

Era stato solo un sogno, no che dico, un incubo, uno di quelli che sembra arrovellarti il cervello per impedire alla memoria di dimenticarlo ed io mi ero svegliato convinto di essere in una bara!

"Gesù… che male!" imprecai, Peter mi allungò un panno

bagnato e disse "Tieni, brusco risveglio a quanto pare."

"Già ho visto la mia lapide" la voce viaggiò più veloce del cervello.

"Non è così strano se ci pensi, in fondo non sei reduce da una passeggiata, quello che hai fatto non è stato uno scherzo. E poi, secondo me, hai mangiato troppo" concluse sdrammatizzando un po'.

Avrebbe anche potuto aver ragione se non fosse stato per l'altro protagonista del sogno : Adam.

Era la seconda volta che lo sognavo in poco più di un mese.

Era davvero strano.

Qualcosa mi diceva che avrei dovuto nuovamente scrivergli, almeno per fargli sapere che stavo bene.

"Quanto ho dormito?" chiesi cercando di contenere uno sbadiglio che mi aveva sorpreso all'istante.

"Sono le quattro del pomeriggio, credo che siano almeno dieci ore, stamane sei arrivato alle sei" replicò Peter, poggiai i piedi a terra e mi alzai tutto d'un tratto, Peter corrugò la fronte e si scostò per farmi passare, ma in un battito di ciglia e senza accorgermi, ruzzolai in terra.

"*Cristo Santo ragazzo, fai attenzione!* Le tue gambe non ti reggono ancora. Lascia che il tuo corpo si riprenda, mancano ancora diverse ore prima che il tuo collega giunga con la barca" imprecò.

"Aye, pretendo sempre troppo da me stesso" dissi tornando a carponi verso il letto.

Non mi sarei più alzato fin quando le mie gambe non avessero ripreso forza.

Mi distesi nuovamente e ripensai a quell'incubo spaventoso, c'era qualcosa che non capivo rispetto al sogno precedente.

Nell'altro Adam mi aveva parlato, mi aveva sentito, prima di pronunciare quello sproloquio spaventoso, asserendo di essere già morto, in questo invece, il morto ero io con tanto di lapide e nome a caratteri cubitali, non aveva senso, cosa stava succedendo alla mia testa?

Perchè facevo sogni così strani?

Non mi era mai successo in precedenza, anche se prima non avevo mai provato l'esperienza di rischiare di finire al camposanto per ben due volte!

Scossi il capo, probabilmente erano stati gli ultimi cambiamenti a segnarmi così profondamente, inoltre il fatto di non essere riuscito a mettermi in contatto con nessuno a Oban, mi stava preoccupando non poco.

Maledetta lettera!

Probabilmente era andata perduta, proprio come mi aveva detto Christian.

Trentaquattro Chilometri

(Christian)

Ero ancora senza fiato per aver urlato dalla felicità, dato che, alle prime luci dell'alba, l'enorme bobina aveva cessato di muoversi e la fune era giunta alla sua fine naturale.

Avevo fissato la stessa dopo un'ora che Sam si era immerso, pertanto quando l'avevo vista distendersi a pelo d'acqua avevo capito che Sam ce l'aveva fatta!

Ero tornato subito al campo base per organizzare il trasporto della barca ed ora mancava molto poco alla mia partenza.

Il capitano aveva pianificato ogni singola azione, scegliendo tra gli inservienti l'uomo che mi avrebbe aiutato a trasportare il tutto, ed io mi ero ripassato tutte le nozioni che Sam mi aveva elencato, essendo un esperto di navigazione.

Questa parte sarebbe toccata a me, lui aveva già fatto la sua.

Nelle poche ore che mi restavano espletai piccole incombenze, poi fu preparato il tutto.

Salii a bordo non appena il buio si fece intenso, la fune-guida era stata ancorata sue due ganci rotabili posizionati sulla destra dell'imbarcazione, se la corrente avesse spinto troppo questi avrebbero ruotato su sè stessi, in modo da impedire alla stessa di capovolgersi.

Restai col fiato sospeso per tutto il tragitto, temevo che si verificassero altri bombardamenti, ma quella notte sembrava tranquilla e silenziosa.

Avevo compiuto ogni gesto a regola d'arte, certo questa mia traversata sarebbe stata un gioco da ragazzi in confronto all'impresa che aveva portato a termine Sam, ma io non possedevo quell'innato coraggio che induceva all'idiozia, pertanto sarebbe stato, per me, un'impresa ardua.

Sam.

Come avrei potuto nascondergli ancora ciò che sapevo di lui?

Non ero solo angustiato e affranto per il fatto di avergli negato la verità a proposito della lettera, era la questione della sua morte per sbaglio che mi tormentava.

Cosa avrebbe trovato una volta ritornato a casa?

E Adam come avrebbe reagito?

Riflettei sul fatto che il mio interesse per lui si spingeva senza ombra di dubbio in un tempo successivo alla guerra, in un tempo futuro, perchè sempre più forte era la convinzione di voler continuare a vederlo, di voler addirittura pianificare una lunga storia, una relazione che ci avrebbe accompagnato negli anni, rendendoci felici.

Io lo volevo, lo desideravo, non avrei permesso a niente e a nessuno d'intralciare questo sentimento dirompente che aveva fatto breccia nel mio muscolo, costernandomi, disarmandomi.

Avrei protetto Alma e il mio futuro figlio, li avrei riempiti di affetto, ma avrei amato solo Sam!

Non vedevo l'ora di riabbracciarlo, di stringerlo a me, ma mi rendeva pazzo e schiavo di una pulsione che, in sua presenza, non aveva controllo, rischiando di far scoprire la mia debolezza.

Una debolezza che avevo insita da sempre, ma mai capita, mai esplorata, mai conosciuta.

Impiegai un tempo infinto a remare, le braccia mi dolevano a causa dei ripetuti piegamenti e distensioni che attuavo, ma il desiderio di vedere da un momento all'altro il lembo di costa davanti a me, m'infondeva la forza e l'energia sufficiente per non fermarmi.

Poi accadde.

Il rumore inconfondibile degli aerei iniziò a farsi più vicino, il raid dei tedeschi stava per iniziare, cominciai a tremare di paura intensificando le remate sempre di più.

Lo scoppio assordante perforò i miei timpani, la barca ondeggiò pericolosamente costringendomi a ritirare i remi e ad aggrapparmi ai bordi per non finire in acqua.

Chiusi gli occhi e pregai.

Ero quasi dall'altra parte, lo sentivo, queste detonazioni non avrebbero potuto fermarmi, a meno che mi centrassero in pieno.

Poi ebbi una visione.

Il lembo di costa distava solo una ventina di metri dalla mia posizione, due ombre si fecero sagome, qualcuno mi stava aspettando.

Spinto dall'adrenalina che si diffuse nel mio corpo in un battito di ciglia, ripresi i remi e cominciai come un forsennato a remare.

La fune-guida aveva funzionato, presto avrei toccato terra.

E fu così.

La prima cosa che vidi fu Sam di fianco ad un uomo con una folta barba, "Sei salvo ora!" disse allungandomi una mano, la strinsi quasi spezzandogliela e domai quell'impeto assurdo che risalì impetuoso nel mio muscolo, che urlava nella mia testa desideri che non potevo, al momento, mettere in atto.

Lui si accorse, divenne paonazzo, e nei suoi occhi notai la stessa scintilla di desiderio che ardeva anche dentro di me.

Avrei voluto baciarlo, toccarlo, stringerlo fino a sentire la sua erezione, ma per il momento dovevo solo comportarmi come se non provassi niente.

Ma io vedevo solo lui, solo lui e basta.

Ciò che accadde dopo fu senza memoria per me, mi sembrò di essere in una bolla, le voci, i rumori delle bombe, le frasi pronunciate, mi parvero solo suoni attutiti, lontani, come se provenissero da un altro mondo.

Solo Sam era a fuoco, e più lo guardavo, più il mio cuore scalpitava, perchè la paura che avevo provato nel perderlo, mi aveva scatenato dentro un'emozione così intensa da annebbiare tutti gli altri miei sensi.

Mi accorsi solo di aver mosso le gambe, di aver camminato per qualche minuto, e di essere entrato in un locale chiuso arredato in modo spartano, dove un paio di letti a castello erano appoggiati alle pareti, poi una mano mi arpionò il braccio.

"Ragazzo ti senti bene?" fissai quel volto e finalmente ritornai in me.

"Sì" dissi solo, poi sentii un peso premere sulla mia testa, accompagnato da fischi sempre più intensi, cercai di parlare ma una strana nebbia occupò la mia visuale, fu allora che mi accorsi che stavo per perdere i sensi.

Mi svegliai madido di sudore, uno strano odore risalì fino alle mie narici, un panno intriso di erbe era appoggiato alla mia fronte, realizzai immediatamente che era quello che puzzava

"Ma che diavolo… "

"Stai giù" disse Sam non appena si accorse che mi ero svegliato "sei svenuto, è meglio che ci vai piano." Lo guardai stupito.

"Svenuto?"

"Aye, è così. È l'adrenalina, a volte succede" disse strappandomi quel panno dalla fronte.

Chiusi gli occhi, il cuore aveva rallentato il suo battito ma una strana spossatezza mi fece capire che probabilmente avevo compiuto quella traversata carico come una miccia, ed ora il corpo chiedeva solo di riposare.

Girai il capo e notai tre persone che stavano confabulando, riconobbi il capitano e quel vecchio che era stato accanto a Sam prima di sbarcare, ma l'altro non lo avevo mai visto.

"Sono arrivati pochi minuti fa" disse Sam.

"Chi è quello?" chiesi a bassa voce.

"Il nostro carico speciale."

Sebbene Sam mi parlasse cercando di riportare la mia attenzione ad un livello accettabile, io non riuscii a distogliere gli occhi dal suo viso, dal suo corpo, come se fosse stata una droga, come se non avessi più il controllo del mio cervello, era vivo, ce l'aveva fatta ed ora era davanti a me che mi stava parlando, ad un tratto alzai la mano per fermare la sua formidabile chiacchiera.

"Ho avuto paura di perderti" dissi, lui divenne paonazzo, si girò per assicurarsi che il capitano, il vecchio Peter e quello strano uomo dagli abiti bizzarri, non mi avesse sentito.

"Sei pazzo! Non qui, non adesso. È troppo pericoloso!"

bisbigliò, abbassai la testa mordendomi il labbro sinistro, aveva ragione maledizione! Mi stavo trasformando in una mina vagante, ma la felicità di vederlo vivo e in buona salute mi aveva mandato in visibilio.

Fu una strana attesa quella, fatta di silenzi improvvisi, di strani sguardi, di strategie non dette da parte di quegli uomini che tenevano in mano le redini delle nostre vite.

Poi finalmente arrivò il momento di trasportare quel famoso carico speciale che non era altro che uno strano personaggio, piccolo di statura, con addosso degli abiti da turista.

"Piacere ragazzi, sono Robert siete pronti a traghettarmi dall'altra parte?" esordì.

La sua uscita mi mise di buon umore, ma fu la sua pronuncia a catturare l'attenzione di Sam.

"Lei è scozzese! Da dove viene?" chiese senza badare alla forma, "Brechin" rispose lo strano personaggio, improvvisamente vidi gli occhi di Sam spalancarsi.

"Io sono di Oban" esultò come se quel posto fosse il più bello del mondo.

"*Che mi venga un colpo!* Due scozzesi ai margini delle Highlands pronti a salvare l'Inghilterra, ci sarebbe da farsi due risate se riuscissimo nell'intento" poi si girò verso di me e chiese "Tu da dove vieni, ragazzo?"

"Periferia di Londra, signore."

"Puah! Gli inglesi non sono mai capaci di far qualcosa da soli, hanno sempre bisogno di gente come noi, non è vero ragazzo?" disse rivolgendosi a Sam che annuì ridendo di gusto.

"Coraggio è ora di andare, il buio ci permetterà di compiere quest'ultima impresa senza essere notati" esordì Edward Cronenberg, nonchè capitano del Campo Base.

Sembrò strano ma tutto si sviluppò in un tempo accettabile e senza rischi.

A qualche centinaio di metri dalla nostra posizione dei mezzi anfibi compirono la medesima traversata, si trattò di un diversivo per attirare le bombe, nel caso ci fossero state delle incursioni.

La barca seguì la fune-guida agevolmente, non ci furono raid aerei e, nonostante il silenzio regnasse tra noi, di tanto in tanto non potevamo esimerci dall'ascoltare ciò che sarebbe successo nel breve termine.

Il capitano fece riferimento ad un luogo civile, il cui proprietario aveva accettato di fornire l'abitazione quale sito per intraprendere quella sperimentazione che al momento era top secret, non seppi di chi stesse parlando poichè nessun nome trapelò, tuttavia captai che si trattava di un ex componente dell'esercito.

Non avevo più fissato Sam per tutto il percorso, la paura che scoprissero la mia debolezza aveva fortunatamente preso il sopravvento, ma c'era un'altra ragione che aveva, al momento, calmato il mio pazzo desiderio di lui.

Era l'attesa, l'attesa di sbarcare e di passare il resto della notte avvinghiandomi al suo corpo, in quel capanno degli attrezzi dove eravamo già stati.

Assaporavo già quel momento nella mia mente, e il solo

pensiero era in grado di mandarmi in subbuglio il corpo.

Ci mettemmo meno di cinque ore ad attraversare, sia io che Sam avevamo spinto con i remi e la barca aveva tenuto la velocità nonostante l'attrito della fune-guida.

Il capitano si preoccupò di far partire immediatamente Robert, mentre noi fummo finalmente congedati, liberi di passare qualche ora assieme.

Rischiose Complicazioni

Non passò che un'ora scarsa, Sam e Christian si ritrovarono nel capanno, mancava poco all'alba eppure nessuno dei due rinunciò a quell'appuntamento.

Rischiare la vita aveva reso loro così vulnerabili da lasciarsi ogni sicurezza alle spalle, il fuoco che ardeva nei loro corpi era divenuto indomabile al punto di annebbiare i loro cervelli.

Come due pazzi si spogliarono all'istante, i loro respiri si fecero subito affrettati, ritmici, quasi ansanti.

Labbra, lingue, denti, morsero, succhiarono e leccarono uno la pelle dell'altro accasciandosi sul terriccio, gemendo sempre di più, per quel calore propagato, per quel fuoco divampato, ormai in balìa di un desiderio smisurato.

Il piacere di Sam montò rapido insinuandosi in ogni piega del suo cervello, mentre Christian tenne duro, nonostante il corpo fu scosso da interminabili spasmi.

Lì accasciati, con quei corpi nudi e tremanti, non seppero più controllarsi, si fecero dimentichi del luogo, del sole che sorgeva, del rischio e delle conseguenze che un gesto simile avrebbe potuto scatenare.

Fu in quel momento di calma apparente, dopo il violento orgasmo raggiunto, che Christian parlò

"Voglio che tu sia parte della mia vita Sam" gli occhi dello scozzese si fecero brillanti, la sua replica lasciò Christian senza più difese.

"*Fino alla morte*" lo disse con un tono fermo, un tono che penetrò dentro al muscolo così in profondità da indurre Sam a baciarlo.

Quel gesto, quel bacio, che ne scaturì fu violento, possessivo, nervoso, ma straordinario.

Nacque in loro la consapevolezza che qualsiasi cosa fosse accaduta, niente e nessuno avrebbe avuto la forza di separarli.

Ciò che avevano scoperto l'uno dell'altro non si sarebbe mai più spento.

Sfiniti e spossati per gli orgasmi ripetuti non s'accorsero che l'alba aveva illuminato tutto il capanno, e mentre un raggio di sole fece capolino tra le travi di legno, la porta si spalancò.

Dapprima un'ombra simile ad una sagoma minacciosa varcò la soglia, divenendo agli occhi dei due malcapitati sempre più a fuoco, finchè un vero e proprio corpo si materializzò davanti a loro.

"*Cristo*…siete davvero nei guai."

La voce di Edward Cronenberg sembrò irriconoscibile, come fu l'espressione che si dipinse sul suo volto turbato di fronte a quei corpi maschili ancora caldi per l'amplesso di cui avevano goduto.

Lo sgomento si dipinse sul volto del capitano, non solo quelle due reclute avevano commesso un grave reato, lo avevano anche messo in una posizione complicata e difficile.

"Vestitevi dannazione e raggiungetemi nel mio ufficio!" ordinò, quindi girò le spalle e se ne andò sbattendo la porta come un forsennato.

Entrambi, bianchi come un cencio, ubbidirono come due automi e restando in silenzio si vestirono ed uscirono dal capanno degli attrezzi, il sole stranamente risplendeva in quel cielo di solito grigio e plumbeo, ma la loro giornata non sarebbe stata luminosa, anzi, avrebbe avuto dei risvolti inattesi e spaventosi.

Edward Cronenberg era già rinchiuso in quella stanza quando i due varcarono la soglia, il pallore sui loro visi aveva preso il posto del rossore affannato e piacevole che aveva stazionato prima dell'entrata in scena del capitano.

Ora invece sarebbe stato un dramma senza fine.

"Le cose stanno così quindi?"

La voce dura del capitano fece sussultare Christian, tentò di ribattere ma il graduato alzò la mano zittendolo.

"No! Parlo solo io e basta! Prestate attenzione alle mie parole perchè ciò che vi dirò è esattamente quello che succederà alle vostre vite."

Entrambi furono percossi da spasmi alle gambe, tuttavia restarono in piedi poichè il capitano non aveva fatto loro cenno di sedersi.

"Per prima cosa avete commesso un grave reato punibile in due modi possibili, e questo fatto non mi lascia molta scelta. Siete stati due idioti dannazione! Bastava stare più attenti, più accorti, ma voi no! Ve lo si leggeva in faccia, non ho potuto sottrarmi al mio dovere, qualcuno vi ha visti maledizione! E questo fatto mi ha messo in una posizione orribile."

Sam trovò la forza di parlare.

"Signore… è solo colpa mia, punisca me, Christian ha moglie e figlio, non è giusto che privi quella famiglia di un marito e di un futuro padre. Io non ho nessuno, sono sacrificabile."

Il capitano fissò il viso di Lancaster, privo di parole, disarmato, sgomento, disperato, poi quello che disse lasciò un profondo segno nella memoria dei due.

"Ma è proprio Lancaster che m'interessa!" il volto di Christian divenne ancora più pallido, poi una sussurro uscì dalla sua bocca "Non capisco…"

"Non deve capire, non è necessario, e ho anche l'impressione che non vi sia del tutto chiaro in che pasticcio vi siate messi. Se dovessi compiere fino in fondo il mio dovere andreste incontro ad un destino infame, ma è mai possibile che non abbiate un briciolo di cervello? *Siete stati degli idioti!*"

Il volto del capitano si fece paonazzo a causa di quella sfuriata. Proprio a lui doveva capitare una faccenda così spinosa, lui che tanti anni prima, quando era ancora un ragazzo, aveva avuto un singolo episodio di debolezza nei confronti di un caporale che lo aveva reclutato all'inizio della sua carriera, ed aveva speso mesi a capire cosa cazzo gli fosse successo!

Ed ora avrebbe dovuto decidere cosa fare, o meglio, cosa

essere!

Avrebbe potuto distruggere le loro vite con un niente, poichè un reato di omosessualità significava due cose in Inghilterra: il carcere duro con il marchio di frocio, oppure la castrazione chimica, col risultato di una lenta e inesorabile agonia.

Erano anni che quel pensiero non gli tornava in mente, ma ora, di fronte alla decisione che avrebbe dovuto prendere e alle conseguenze che ne sarebbero derivate, quelle emozioni lontane, recondite e mai veramente dimenticate, erano affiorate, riportando alla memoria sensazioni che credeva di aver sopito per sempre.

Ma c'era un'altra motivazione ancora più forte nell'interesse che aveva riguardo alla posizione di Christian Lancaster, ed era così intensa che un'idea iniziò a divorarlo, a conquistarlo, poi sarebbe dipeso solo da lui rendere quel pensiero una vera e propria azione.

Alma Fischer non era altro che la figlia di quel bastardo omofobo ed ex graduato che aveva incontrato da giovane, e quale giustizia migliore nel trovarsi un genero con tendenze omosessuali nella sua meravigliosa e perfetta famiglia di ipocriti?

Non che Alma centrasse qualcosa e nemmeno Christian, era David Fischer lo scopo della sua vendetta, e non solo la sua, ma anche quella di molti altri ragazzi pestati a sangue ed emarginati per aver manifestato debolezze non confacenti alla figura di uomo come quel gran figlio di puttana intendesse, e per lui, esserne quasi un portavoce dopo tanti anni, iniziava a riempirlo di un tale orgoglio, da inebriarlo al tempo stesso.

Per Sam Mclower, invece la questione era diversa, era complicata e molto più difficile da risolvere.

Non poteva, tuttavia, dimenticare di essere in debito con quello scozzese, un debito atroce e nascosto, mai rivelato e che sicuramente avrebbe portato terribili conseguenze nel suo futuro.

Samuel Mclower risultava defunto ormai da diverso tempo e lui non avrebbe mai potuto denunciarlo alle autorità, occorreva pensare ad un'altra soluzione che sistemasse ogni cosa.

E mentre la sua testa vorticava come una trottola, fissò i due volti di fronte a lui, pallidi come la luna, quindi prese la sua decisione.

"Lancaster, da subito è in congedo provvisorio a causa delle condizioni di sua moglie ormai quasi prossima al parto, una licenza speciale è stata richiesta tempo fa, pertanto avrò modo di riflettere al suo ritorno. Mclower! Lei è agli arresti fino a quando non deciderò dove sarà trasferito, e fino ad allora resterà isolato. Non voglio nè infliggervi il carcere duro, nè sottoporvi ad una castrazione chimica, perchè sono queste le pene previste per il reato che avete commesso."

Sam si passò una mano sui folti capelli, il suo petto si alzò e si abbassò in un sospiro potente, come se fosse stato appena salvato dalla morte, Christian invece contrasse la mascella e resistette dall'esternare qualsiasi emozione sul suo viso divenuto di pietra.

In fondo erano stati fortunati a trovare sulla loro strada Edward

Cronenberg, e qualsiasi pensiero che avesse albergato nei loro cervelli cercando risposte a quella decisione appena presa, non avrebbe comunque potuto essere soddisfatto, se il capitano aveva deciso in quel modo significava che aveva avuto i suoi buoni motivi.

Edward si alzò, aprì il cassetto della scrivania ed estrasse un paio di manette.

"Esca Lancaster! Prepari il suo sacco, a breve provvederò al suo trasporto" il giovane medico ubbidì a quell'ordine con un piombo al posto del cuore, si mosse in direzione di Sam, avrebbe voluto parlare, avrebbe desiderato dirgli addio, ma il capitano gli sbarrò la strada.

"Non renda le cose ancora più difficili, le ordino di uscire subito!" Christian cercò gli occhi di Sam, vi lesse disperazione, angoscia, ma anche un infinito, smisurato amore. E mentre si chiudeva la porta alle spalle giurò a sè stesso che non avrebbe permesso a nessuno di separarli, in un modo o nell'altro lui lo avrebbe ritrovato.

Il capitano ammanettò Sam, fece per trascinarlo fuori quando questi parlò senza essere interrogato "Lei è un uomo che ha un grande cuore… signore."

"Si sbaglia, sono solo uno che paga i debiti e incassa i crediti, tutto qui."

Lo scozzese corrugò la fronte, non avrebbe potuto capire quella strana uscita da parte del capitano, l'unico fatto che gli venne in mente fu la missione che aveva appena concluso positivamente e questa, al momento, gli sembrò la ragione più logica.

Uscirono dalla stanza, percorsero il corridoio fino ad un disimpegno poco illuminato, in fondo un porta chiusa aveva tutta l'aria di essere l'unico luogo che potesse essere adibito ad una cella.

Edward Cronenberg estrasse una chiave, girò quattro mandate e l'aprì.

"Coraggio entri, ci sono le cose essenziali, un letto, un piccolo bagno e la finestra per la luce."

"Aye" replicò Sam varcando la soglia precedendolo.

C'era puzza di chiuso, era chiaro che nessuno prima di allora avesse occupato quella stanza, il capitano aprì la piccola finestra sprovvista di sbarre, se Sam avesse voluto fuggire sarebbe stato impossibile, data la sua mole.

"Si giri Mclower, le tolgo i braccialetti" gli ordinò, Sam fece quanto detto, lo ringraziò e si accomodò sul letto.

Prima che il capitano uscisse trovò il coraggio di parlare.

"E' sicuro che non avrà problemi per la decisione che ha evitato di prendere?" Edward sospirò, quello scozzese impavido e temerario, con una spada di Damocle pronta a finirlo, si stava preoccupando per lui piuttosto che della sua stessa vita, non aveva senso, ma in fondo cosa ne aveva in quel momento?

"No, i problemi ci saranno senz'altro, devo trovare solo un modo pulito per allontanarla da qui senza destare sospetti" rispose sinceramente.

"Perchè lo sta facendo?" chiese fissandolo nelle iridi, Cronenberg prese fiato, non avrebbe potuto dirgli la verità, eppure qualcosa in lui trapelò.

"Ho le mie buone ragioni."

"Ha del coraggio sa? Un altro al suo posto non avrebbe avuto nessun dubbio riguardo alle azioni da prendere, io non so come ringraziarla, sarò per sempre in debito con lei capitano."

"Nessun debito, ho agito secondo coscienza, e poi ci ha reso un enorme servigio con la sua missione. Non contano per me le sue preferenze sessuali, nè quelle di Lancaster, dico solo che siete stati due idioti, tutto qui."

"Aye ha ragione da vendere" concluse mettendosi le mani nei capelli.

Cronenberg si allontanò e prima di chiudere la cella disse "Forse non andrà lontano da qui, ma sarà abbastanza lontano da Lancaster."

Sam deglutì ma non proferì parola, vide solo la porta chiudersi, poi avrebbe dovuto fare i conti con la solitudine.

Non passò che un istante ed un vociare disperato si propagò nel corridoio, Sam dapprima non realizzò quello strano baccano, ma poi, incuriosito, si alzò, si avvicinò alla porta per ascoltare meglio.

La voce di Cronenberg sembrò terrificante, ma l'altra urlava ancora di più.

Ad un tratto avvertì silenzio, sentì la mandata della serratura girare improvvisamente, si scostò appena in tempo per evitare di prendere la porta in faccia, e poi lo vide.

Christian era davanti a lui, col borsone a tracolla pronto per partire, la sua espressione rasentava la rabbia.

"Avete cinque minuti!" sbraitò Cronenberg paonazzo in volto e furioso all'inverosimile.

"Come diavolo hai fatto a…"

"Siediti e stai zitto!" lo interruppe Christian spingendolo sul letto, non avrebbe potuto certo confessargli di aver ricattato spudoratamente il capitano dicendogli che avrebbe vuotato il sacco se non gli avesse permesso di vederlo.

"Non voglio andarmene senza prima averti detto quello che desidero che tu sappia" disse, lo scozzese allibito per il fatto che fosse riuscito ad entrare, ubbidì.

"Prima di partire devo sapere cosa provi veramente per me… Sam, perchè vedi, io saprò trovarti anche se dovessi percorrere tutto il globo terrestre, e nonostante il matrimonio che mi lega ad Alma e al dovere di allevare mio figlio, troverò un modo per continuare a vederti, per stare con te ogni momento che la vita me lo permetterà, non posso più rinunciare al fatto che *io ti amo da morire.*"

Lo aveva detto tutto d'un fiato quasi senza respirare, ed ora ansimava trepidante davanti a Sam, il cui cuore aveva iniziato a scalpitare come mai gli era successo.

"Non dici niente?" ribattè fremendo, Sam si riscosse, fissò le sue iridi poi il cuore parlò per lui.

"Anch'io ti amo Christian, e resterò con te fino alla morte."

Quelle parole scandite con calma e determinazione portarono il giovane medico a cercare le sue labbra, quasi mordendole, abbandonandosi ad un bacio disperato, violento e sofferto.

Poi si staccò, infilò la porta e sparì dalla sua vista, un attimo dopo questa si richiuse con quattro mandate, i passi lenti ma decisi di Edward Cronenberg, che attendeva all'esterno furioso ma sollevato, furono gli ultimi rumori che Sam udì.

Licenza Speciale

Aveva varcato la porta della casa di David Fischer col cuore stretto in una morsa atroce, il respiro era ritornato a scatti, come spesso gli era successo in passato, ma a differenza delle altre volte, si sentì padrone della sua mente.

Questa era sgombra, lucida e cristallina.

Avrebbe affrontato Alma e i suoi genitori con un altro piglio, avrebbe accettato questo presente imposto con una nuova consapevolezza, quella di avere chiaro in testa quale fosse il suo obiettivo, il suo scopo nella vita.

Essere felice.

Non era più una speranza latente annidata nei meandri del suo cervello, perchè da quando aveva incontrato Sam, si era trasformata in certezza, limpida, vera, conquistata.

Quello scozzese gli aveva stravolto la vita e lui non aveva fatto altro che ringraziarlo per questo.

La voce squillante di Alma lo raggiunse alle spalle "Christian! Tesoro!" lui si voltò, vide quel viso radioso e sorridente venirgli incontro, poi notò la pancia ingrossata e rotonda, ma solo per pochi istanti, poichè la moglie gli si avvinghiò addosso baciandolo sulla bocca.

Lui non si ritrasse, anzi, affondò la lingua nella sua bocca alimentando un bacio pieno di passione, se doveva calarsi nel suo ruolo, le sue reazioni avrebbero dovuto essere credibili, proprio come stava facendo.

Quando Alma si staccò disse "Hai visto come sono enorme? Tuo figlio cresce e scalcia come un giocatore di rugby." "Non sei enorme Alma, sembra invece che quel grasso accumulato ti doni" rispose, non era possibile che lo avesse detto, ma quel grembo rigonfio lo colpì in modo inaspettato, un'emozione sincera fece breccia nel suo cuore e Christian capì, in quello stesso istante, che qualcosa dentro di lui era cambiato radicalmente.

Aveva aperto la porta ai sentimenti permettendo a sè stesso di amare davvero, e questi si erano ripercossi nel suo essere rendendolo più sensibile a tutti gli stimoli esterni, e lo stimolo che gli si era parato innanzi, era stato davvero inebriante per lui.

Capì da subito che avrebbe amato come un pazzo quel figlio non ancora nato, e comprese quanto Sam lo avesse aiutato a svegliarsi dal suo anonimo torpore.

Ma c'era stato molto di più in quel risveglio, il suo corpo adesso, non gli sarebbe apparso più così estraneo al piacere della carne, e questo lo avrebbe reso forte e sicuro nell'affrontare anche il sesso con sua moglie.

Avrebbe fatto l'amore con Alma rendendola felice, ma per raggiungere quel piacere tanto agognato, sarebbe stato costretto a pensare solo a Sam.

Lei allargò la bocca così tanto da strapparsi quasi le labbra.

"Oh! Tesoro, ho anche un'altra sorpresa per te. Ci sono i tuoi genitori e come mi avevi suggerito tu gli ho tenuti sempre aggiornati, ma vogliono vederti, per questo li ho invitati" Christian ebbe un sussulto ma non si scompose, guardò sua moglie e rispose "Hai fatto bene amore, vado a salutarli" e così fece.

Dopo qualche ora di convenevoli e di risposte date alle numerose domande da parte di sua madre e di suo padre, Christian riuscì a raggiungere Davide Fisher, che lo aveva invitato nel suo studio.

Quando varcò la soglia restò a bocca aperta, seduto di fronte a lui non c'era altro che quello strano personaggio scozzese che lui aveva trasportato sulla barca assieme a Sam e al capitano.

"Vieni ragazzo, vieni avanti" esordì David Fisher con un'espressione che non faceva certo parte della sua mimica facciale, Mister Watt sorrise, si alzò in piedi ed allungò la mano verso di lui.

"Ben arrivato, stavo appunto raccontando a Mister Fischer dell'impresa che tu e il tuo compare avete portato a termine, permettendomi di giungere qui sano e salvo" esordì Watt, a Christian le parole gli morirono in gola, non riuscì nemmeno a collegare il motivo per cui quell'uomo si trovasse in casa del padre di sua moglie.

"Non credevo di rivederla" replicò dopo qualche secondo, "Già, diciamo che per un po' sarò un ospite molto speciale."

In quel momento David si alzò a sua volta, si avvicinò a Christian e lo abbracciò come un padre.

Quel gesto, quel modo, spiazzò il giovane medico tutto d'un botto.

"Sei quasi un eroe figliolo, desidero esprimerti tutta la mia gratitudine per come stai facendo felice mia figlia e di come ti distingua anche nell'esercito, pur non imbracciando armi. Sono molto fiero di te! Volevo che lo sapessi" confessò, quindi si staccò e attese che lui pronunciasse qualcosa, ma lo choc provato per quel cambio di personalità lo ridusse al silenzio.

"Non parli dunque?" ribattè il suocero con piglio autoritario, Christian si scosse.

"Sono lusingato dalle sue parole, signore, ecco non mi aspettavo un benvenuto così" confessò col cuore a mille.

"Te lo meriti figliolo, e se c'è qualcosa che posso fare per te, non devi far altro che chiedere" concluse Fisher, al momento Christian annuì soltanto, poichè non diede peso a quelle parole dette solo per circostanza, ma poi riflettendoci capì che avrebbe anche potuto sfruttare le sue conoscenze per ritrovare Sam Mclower.

La giornata passò senza altre sorprese, consumarono la cena come una vera famiglia unita, commentando gli atti infami di questa guerra che avrebbe anche potuto avere dei risvolti inattesi.

David Fisher, aveva discusso a lungo con Robert Watt fin quasi a tarda notte, mostrandogli la torretta dove le sue strumentazioni erano state allestite.

Quattro membri dell'esercito stazionavano già giorno e notte, osservando i cieli con i binocoli e annotando a mano le varie direzione in cui le incursioni aeree si erano sviluppate negli ultimi giorni.

Certo, per sperimentare il radar, avrebbero dovuto ricorrere ad un'organizzazione pianificata, dove i tempi di reazione sarebbero stati determinanti, poichè avrebbero dovuto funzionare alla perfezione.

La strategia consisteva nel costruire delle vere e proprie stazioni radar possibilmente lungo le coste inglesi, in modo da rendere immediati gli avvistamenti degli aerei nemici; una volta oltrepassate tali stazioni, un corpo speciale di soldati sulla terra ferma avrebbe trasmesso le coordinate di avvistamento dei caccia, e come una catena d'informatori, il tutto si sarebbe sviluppato fino a raggiungere la Sala Operativa.

Qui, sulle grandi mappe dislocate in campo, un controllore di turno avrebbe deciso quale area o settore contrastare, facendo intervenire squadriglie e ordinando il decollo su allarme.

Nonostante i limiti e le difficoltà di una simile strategia, che avrebbe potuto far acqua da tutte le parti, nessuno al momento avrebbe potuto ottenere una difesa migliore, ma Robert Watt si dimostrò ottimista circa il fatto di riuscire ad intercettare almeno l'80% dei caccia-bombardieri.

Alma e Christian varcarono la soglia della camera a loro destinata per la notte.

La lampada sulla piccola madia diffondeva una luce soffusa e gradevole, un profumo di pulito aleggiava nell'aria rendendo l'atmosfera distesa e gradevole.

Alma indossò la camicia da notte e s'infilò sotto le coperte in attesa di suo marito.

Christian finì di lavarsi e con un groppo in gola si diresse verso il letto dove sua moglie lo attendeva trepidante, s'infilò sotto le coperte restando in silenzio mentre lei gli si appoggiò dietro aderendo al suo corpo.

"Mi sei così mancato amore" gli sussurrò nell'orecchio, lui chiuse gli occhi, deglutì poi si girò a guardarla.

"Anche tu mi sei mancata."

"Sai ho già pensato al nome di nostro figlio, mi piacerebbe chiamarlo David, come mio padre, cosa ne pensi?"

"Penso che dovremmo discuterne Alma, ho anch'io delle idee sai?" quella risposta la lasciò basita, questo Christian aveva qualcosa di diverso rispetto a quello che era partito mesi fa.

"Ah! Bene, fammi qualche nome allora."

"Vorrei chiamarlo Samuel" lei restò di sasso, certo Samuel era un bel nome, ma da dove era saltato fuori?

"E dimmi, perchè mai avresti scelto quel nome?" chiese Alma incuriosita, non ci fu bisogno di pensare, lui aveva già pianificato come fare per convincerla, il suo tono risultò fermo e quasi autoritario

"Mi piace il suo significato, vuol dire *il suo nome è Dio* e io voglio che nostro figlio sia per noi come un Dio, Alma." L'espressione della donna cambiò all'improvviso, per un istante Christian pensò di aver esagerato, ma quello che Alma disse, gli fornì la conferma che era sulla giusta strada.

"Che bella cosa che hai detto amore! Hai ragione, per noi sarà così, *e Samuel sia*!" lui appoggiò una mano dietro la sua nuca e la tirò a sè.

"Grazie, sei un tesoro" disse, poi la baciò con trasporto.

Riuscì a far l'amore con lei senza impedimenti, e il pensiero che suo figlio avrebbe portato il nome di quello scozzese che lo rendeva pazzo d'amore, gli fornì la forza e l'energia per soddisfare sua moglie, cercando di essere tenero e appassionato.

Nessun senso di colpa trapelò, era felice, rendeva felice la sua donna, e avrebbe reso felice suo figlio.

Un compromesso meraviglioso.

Il Fantasma

L'uomo nuotò in direzione della nave, era sul dorso con le braccia inerti lungo i fianchi. Avanzò muovendo solo le gambe con una spinta efficace e potenziata, grazie ad un paio di pinne di caucciù calzate ai piedi, un attrezzo conosciuto e già usato per un'altra traversata, quella che aveva permesso di dare inizio alla prima sconfitta dei tedeschi sul suolo britannico.

L'uomo sapeva fin troppo bene che doveva restare sempre vigile, perchè anche il più piccolo rumore, dovuto allo spostamento dell'acqua, avrebbe potuto farlo scoprire e catturare. Continuò a nuotare immergendosi in quel silenzio assoluto e fu certo che l'invisibilità totale l'avrebbe aiutato nel completare anche quest'ennesima missione.

Il suo nome era Sam Mclower e faceva l'assaltatore di mare da quando lo avevano trasferito otto mesi prima. La nave sembrò ancora lontana, nessun suono arrivava alle sue orecchie, nè una voce, nè rimbombi, niente.

Il buio assillante e disorientante non turbò la nuotata di Sam, e sebbene non distinguesse una luce, anche fioca, che potesse aiutarlo a mantenere la rotta, non sembrò in difficoltà, e questo era stato uno dei tanti motivi per cui era stato scelto quale sabotatore.

Ne aveva già fatte saltare cinque di navi così. Era arrivato in quella squadriglia quasi in silenzio, ma la sua mole, la sua resistenza e quello strano e assurdo coraggio, talvolta così aleatorio, lo avevano fatto subito notare. Sembrava invincibile e indistruttibile, tant'è vero che una voce, tra i nemici, aveva cominciato a circolare.

Lo chiamavano Ghost!

Si raccontava che fosse un fantasma, uno spirito, così veloce e fulmineo, da apparire e dileguarsi, in quelle acque nere e torbide, come uno spettro, un essere incorporeo e innaturale; mai più veri furono quei pensieri poichè di fatto, quell'uomo e quel nome, erano come se non fossero mai esistiti.

Sam alzò la testa, accorgendosi, in quel nero profondo e di tenebra, che la nave era ormai vicina, deglutì e resistette al colpo di tosse che imminente gli era risalito nella gola occupando parte delle sue narici.

Era un momento critico, quello, se a bordo qualcuno avesse sentito anche il più tenue rumore, avrebbe potuto dare l'allarme e scagliare le lame delle fotoelettriche contro la superficie nera del mare, per poi far cantare la mitragliatrice nelle pozzanghere di luce, se così fosse stato per Sam non ci sarebbe stato scampo.

Certo, se gli avessero anche sparato addosso, avrebbe corso il rischio che qualche colpo centrasse uno o magari tutti e due i contenitori esplosivi che si portava addosso, e la missione sarebbe fallita tragicamente, lui sarebbe morto invano e le azioni che i suoi commilitoni, preparate altrove, avrebbero potuto essere scoperte e fermate in tempo dal nemico.

Sam sentì la scarica di adrenalina risalirgli impetuosa, pigiò sulle pinne con tutta la forza che aveva nelle gambe, diretto verso il bersaglio. Per un istante sentì tutto il peso di quei contenitori, imbottiti di esplosivo, legati sui suoi fianchi, portò le braccia alla loro altezza, per controllarli con le mani, poi tastò le due cordicelle passanti negli anelli, per assicurarsi che tutto fosse a posto.

Nuotò su un fianco, prima quello destro, poi su quello sinistro, allo scopo di controllare tutto lo spazio intorno a sè, senza mai perdere di vista il suo bersaglio, mantenendo sempre la rotta più breve.

Giunse a poche decine di metri d'acqua dal suo obbiettivo,

sgonfiò lentamente i galleggianti dei contenitori, trattenendo quasi il fiato, era il momento più pericoloso quello ma anche il più elettrizzante. Pochi istanti e gli stessi scomparvero sotto la superficie, restando però a pelo d'acqua senza mai affondare.

Spinse con le pinne un poco, giusto per avanzare a una velocità pressochè nulla, come un corpo morto alla deriva, quindi reclinò il capo all'indietro, tenendo gli occhi spalancati nell'acqua buia, cercando di raggiungere la massima immersione. Solo narici e bocca furono fuori dall'acqua, Sam riuscì a espellere dalla bocca il liquido entratogli, ma non riuscì a far uscire l'acqua dal naso.

La soffiò fuori ma il sale gli eccitò le muscose, portandolo a tossire. Inghiottì l'acqua salmastra cercando di dominare l'arsura che da lì a poco gli avrebbe provocato, perchè di fatto non avrebbe avuto altra soluzione se non quella di compiere l'atto di ingoiarla.

La tensione nervosa arrivò al culmine, era stato impeccabile fino ad ora, poichè nessun segno visibile nè suono rivelatore della sua inquietante presenza, sotto quella nave nemica portatrice di morte, era stato notato.

Con le dita nude imbrattate di nero, Sam iniziò a tastare la pancia di ferro della nave, finchè non trovò lo spessore gonfiato della saldatura, quindi raggiunse i bordi sovrapposti delle due lamiere lungo l'asse longitudinale della carena. Raggiunse lentamente il centro della nave, con gesti sicuri e rapidi fissò il primo contenitore contenente l'esplosivo all'estremità dell'aletta antirollio di dritta, quindi strinse bene i morsetti, alla fine estrasse dal fodero un coltello acuminato, lacerò il galleggiante del contenitore e si spostò di poco.

Compì la stessa manovra con il secondo esplosivo posizionandolo sull'altra estremità della stessa aletta, in questo modo quando la nave fosse scoppiata, lo squarcio avrebbe provocato due falle, in modo da inclinarla, capovolgerla e affondarla in modo certo e sicuro.

Sam prese fiato, si rilassò e pensò finalmente che aveva concluso, la seconda carica era stata piazzata, non gli restava che allontanarsi e ritornare alla base.

La missione era stata compiuta in modo impeccabile.

Lo scoppio sarebbe arrivato puntuale, poichè una volta fuori dalle acque territoriali e raggiunta la velocità di cinque nodi, il detonatore sarebbe esploso, lasciando forti dubbi al nemico circa quell'attacco, dato che avrebbe anche potuto essere stato propagato da un sommergibile.

Sam si staccò e cominciò a nuotare sul dorso, avrebbe dovuto raggiungere la base segreta, senza farsi scorgere da nessuno.

Spinse a più non posso le pinne e prese la rotta in direzione della spiaggia, circa un miglio e mezzo abbondante di distanza dalla nave appena sabotata.

Finalmente arrivò a terra, strisciò silenzioso come un verme, prese fiato e rilassò i muscoli, quindi osservò che non ci fosse anima viva nei paraggi, infine si alzò e si diresse a passo sostenuto verso la base segreta.

Non appena entrò nel cunicolo vide Raphael che lo stava attendendo sulla soglia in trepidante attesa.

Raphael era il suo compare da più di sei mesi.

Quell'irlandese fanatico religioso era l'uomo più scaramantico e superstizioso che avesse mai conosciuto; ogniqualvolta si apprestava a compiere una missione e lo seguiva fino in prossimità dello spogliatoio della spiaggia, un locale spartano semi-vuoto dotato solo di un armadietto e di un buco tra le pareti dove fare una specie di doccia, recitava un Padre Nostro ed una Ave Maria poggiando la sua bibbia personale sul cuore.

Sam scuoteva il capo, eppure si sentiva privilegiato e protetto da quelle preghiere, preghiere rivolte a lui e alla sua salvezza.

"Allora com'è andata?" chiese Raphael ansioso e trepidante, "È carica! È filato tutto liscio" rispose prendendo tra le mani l'accappatoio allungatogli dal suo commilitone, lui si fece il segno della croce.

"L'Onnipotente è sempre al tuo fianco! Il fantasma ha colpito ancora!" esultò dirigendosi verso l'interno.

Sam chiuse gli occhi e lasciò che l'acqua accarezzasse la sua pelle, le gambe iniziarono a tremare in modo convulso così si lasciò andare accasciandosi come un sacco vuoto. Gli succedeva sempre dopo una missione. Era l'adrenalina che abbandonava il suo corpo lasciandogli uno strascico di spossatezza immediato.

Erano passati otto mesi da quando era stato trasferito in questa squadriglia, otto mesi di missioni, di rischi, di lontananza da Christian. Lo pensava ogni giorno, riviveva i momenti nella sua mente fino a quando il suo corpo glielo permetteva, poi esausto, cercava di trovare la forza per aspettare il momento di ritrovarlo, di rivederlo.

Aveva scritto tante lettere a Adam e queste gli erano ritornate indietro lasciandolo sgomento, perchè ad ogni busta che gli veniva restituita appariva a chiare lettere la dicitura "non raggiungibile".

Poi aveva smesso, convinto del fatto che la posta a Oban non potesse mai giungere in tempo di guerra.

Spese il getto dell'acqua, uscì e si rivestì in pochi minuti, mise a tracolla il suo sacco e si apprestò a raggiungere Raphael.

Quando uscì dal cunicolo lo vide, come al solito, infilare il sacro libro nel panciotto "Andiamo" disse precedendolo "ho una fame da lupi" aggiunse sorridendo.

Lo sparo arrivò all'improvviso, quasi a bruciapelo, il corpo di Raphael si accasciò senza più nervo proprio davanti agli occhi increduli, disorientati e sgomenti di Sam.

Il cuore iniziò a battere furioso, non fece in tempo a fare nessun movimento, poichè altri uomini sbucarono all'improvviso e si avvinghiarono su di lui.

Sferrò pugni e gomitate per liberarsi da quella morsa, ma fu tutto inutile, un dolore lanciante lo raggiunse sul viso, poi un colpo potente alla nuca lo tramortì a tal punto da perdere i sensi.

Prima di perdere completamente conoscenza riuscì solo a captare una lingua sconosciuta, una lingua che apparteneva solo ed esclusivamente al nemico, e in quel momento si sentì perduto, perduto per sempre.

Londra

Il Salvataggio

Erano cinque giorni che a Londra la pioggia scrosciante non cessava, le strade semidistrutte dai precedenti bombardamenti, erano divenute enormi pozzanghere attraversabili solo con mezzi sicuri, poichè celavano scorci e buchi che avrebbero potuto essere pericolosi.

Alma era intenta ad allattare suo figlio di otto mesi, Samuel Lancaster, partorito in anticipo di qualche settimana rispetto alla scadenza del parto. Un bambino tranquillo, sano e dal peso importante. Anche lei da piccola era stata cicciottella, poi col tempo il suo metabolismo si era normalizzato trasformandola in una ragazza attraente.

Era in attesa di Christian, tornato per qualche settimana al Campo Base per volontà del capitano Edward Cronenberg.

In questi ultimi mesi non aveva potuto prestare molta attenzione a suo marito, in quanto il bambino l'aveva assorbita così tanto da non essere più in grado di avere energie sufficienti a soddisfarlo. Lui le era stato molto vicino, dimostrandosi attento e premuroso, sia nei suoi confronti e sia in quelli del piccolo Samuel, mostrando un lato diverso di sè che aveva convinto Alma del fatto che fosse cambiato, cambiato in meglio.

Era sempre molto preso e spesso si assentava per ritornare al campo base ed espletare compiti a lei ignoti, in quanto assegnati dal capitano in persona. Talvolta le era sembrato nervoso e distante, con la mente altrove, ma era normale in un momento così critico, un momento determinante per le sorti dell'Inghilterra.

Per qualche motivo a lei ignoto, i bombardamenti non avevano prodotto danni sufficienti affinchè la città cadesse in mani nemiche, pertanto le contromisure attuate dalla R.A.F. erano state in grado di intercettare molti aerei da caccia, abbattendoli prima che sferrassero l'attacco.

Quello strano personaggio che aveva vissuto per un mese intero nella sua casa, si era ormai trasferito da tempo, mentre la strumentazione sulla torretta era rimasta attiva, resa funzionante dal costante gruppo di graduati che avevano messo radici nella dimora di suo padre.

L'andirivieni di soldati e graduati l'aveva spesso infastidita, tuttavia era stata grata a suo padre del fatto di averle messo a disposizione una camera per lei e Christian, in modo da essere costantemente al sicuro.

Ad un tratto uno strano trambusto si propagò tra le mura, al momento sembrarono parole sconnesse ma poi divennero chiare e limpide.

Qualcosa era successo poichè il vociare piuttosto concitato da parte di quei soldati l'avevano disturbata al punto da decidere di ritirarsi nella sua stanza.

Passò una mezz'ora poi Christian entrò nella camera, Alma aveva appena fatto addormentare il bambino, e cadeva dal sonno, "Ciao amore" disse con un tono basso e sofferente, "Ciao Alma, vedo che Samuel ti ha prosciugato tutte le energie. Sarebbe bene che dormissi finchè riposa anche lui."

"Hai ragione ma in questa casa è diventato impossibile!" Christian corrugò la fronte.

"Cosa intendi dire?"

"Deve essere accaduto qualcosa oggi. Ho sentito i soldati sulla torretta imprecare come dei pazzi."

"Vado a dare un'occhiata" disse, dirigendosi verso la porta "tu cerca di dormire" concluse poi.

Salì le scale spinto da una strana sensazione.

Erano stati otto mesi vani, tutte le azioni intraprese per ritrovare Sam si erano rivelate inutili. Aveva maledetto più di una volta Edward Cronenberg per averlo nascosto proprio bene, perchè non c'era stato verso di trovarlo da nessuna parte.

Spesso gli era sembrato impossibile nascondere i propri turbamenti a causa di questo distacco forzato, ma la nascita del piccolo lo aveva salvato occupando costantemente Alma, e questo lo aveva aiutato a resistere, a continuare le sue ricerche, senza però ottenere nulla.

Arrivò in cima alle scale, aprì la porta che dava sulla torretta e uscì all'esterno.

Due uomini stazionavano nell'area riparata ed erano intenti a confabulare tra loro animatamente.

"Che succede?" chiese Christian avvicinandosi, i due si guardarono in cagnesco poi uno di loro decise di parlare.

"Hanno beccato il fantasma! Da stamane non è più reperibile."

"Il fantasma? E chi sarebbe costui?" chiese Christian con un tono insistente.

"Non conosci The Ghost? È l'assaltatore di mare che ha affondato sei navi tutto da solo. Chi l'ha conosciuto ha detto che è altro due metri ed è grosso come una montagna, qualcuno dice che non sia inglese, ma non sappiamo da dove venga."

La gola di Christian si chiuse, deglutì la saliva in eccesso, la domanda premeva così tanto da non riuscire a contenerla .

"Assaltatore di mare? Cosa fa precisamente?" riuscì a chiedere, "Nuota di notte con due cariche di esplosivo allacciate alla vita, raggiunge la pancia della nave, le piazza e poi sparisce ingoiato da mare. Ci vuole un coraggio da pazzi per fare una cosa simile."

Christian impallidì, barcollò per un istante, poi riuscì ad appoggiarsi al pilone nel centro della torretta.

Una certezza s'insediò nel suo cervello, premeva così tanto da annebbiargli la ragione. Non c'erano dubbi per lui, quello che avevano descritto non era altro che quel pazzo scozzese che lui stava cercando da più di otto mesi.

Ed ora non vi era più traccia!

"Avete detto che è irreperibile da stanotte, pensate che sia stato catturato?" ora la sua voce tremava.

"Se così è, farà una brutta fine. I tedeschi prima ti torturano a morte per ottenere tutte le informazioni, poi ti puntano una pistola alla tempia e ti fanno schizzare il cervello fuori" rispose il soldato.

Quelle parole furono come delle mine vaganti, il giovane medico si alzò, ritornò all'interno e inforcò le scale facendo due gradini per volta poi, senza nemmeno pensarci, prese il corridoio in direzione dello studio di David Fischer, quindi bussò.

Quando sentì l'invito a entrare si fiondò all'interno, cercando di calmare i nervi e le preoccupazioni che stavano facendogli perdere il controllo

"Cosa succede figliolo?" chiese Fisher allarmato per quel pallore inconsueto, "Devo parlavi signore, è una cosa della massima importanza." Il suocero gli fece segno di sedersi, fissò le sue iridi e disse "Parla pure."

"Tempo fa mi avete detto che, se avessi avuto bisogno di qualsiasi cosa, avrei potuto rivolgermi a voi" disse Christian, il suocero non si scompose, anzi replicò immediatamente, "Confermo, le mie parole sono state proprio quelle."

"Ebbene signore penso che sia arrivato *quel momento*." David Fischer si fece serio, poi disse "Allora parla, sono tutto orecchi."

Oblio

(Sam)

Il fondo di quella vasca lercia e nauseante era solo a pochi centimetri dal mio naso. La mano premeva, spingeva la mia testa sempre di più, in quel liquido fetido che tutto sembrava tranne acqua.

Ero in apnea forzata dalla tortura.

Non respiravo da un minuto, o forse anche di più, poichè cercavo di contare mentalmente i secondi per concentrarmi su qualcosa, qualcosa che non mi facesse crollare, qualcosa che m'impedisse di arrendermi, qualcosa che mi permettesse di resistere e di non morire.

Le immagini scorrevano ad una velocità impressionante, i volti delle persone a me conosciute, a me care, si ripetevano come un film senza interruzione, il viso della nonna rugoso e simpatico con i denti macchiati dal tabacco, le mani di Adam forti e enormi, l'odore muschiato della sua pelle, la sua espressione corrucciata. Il sangue dappertutto su quel treno, la febbre delirante, e poi la mia mente mise a fuoco lui, Christian, le sue labbra bramose, i suoi tocchi audaci, la sua pelle chiara e profumata di fresco, il suo non sapere di non essere etero.

Poi all'improvviso tutto cessava, riportando la mia mente alla dura realtà, ero ancora sott'acqua e non avevo più niente a cui aggrapparmi.

Non sentivo più nulla, i dolori per le percosse, i calci, i pugni subiti erano divenuti parte di me, parte del mio corpo, come se lo stesso avesse deciso di anestetizzare ogni resistenza, ogni stimolo che il mio cervello trasmettesse, per farmi reagire.

Era tutto inutile, perchè se anche avessi confessato ciò che i tedeschi avevano fino ad ora cercato di sapere, mi avrebbero ucciso comunque.

E allora perchè non rendergli le cose più difficili forse per sfida o per idiozia, oppure addirittura per lealtà?

Passarono altri secondi, il fiato era esaurito, un tremore diffuso iniziò ad impossessarsi delle mie gambe, stavo soffocando in quella fetida pozza d'acqua nera maledizione, mentre due uomini mi tenevano fermo costringendo la mia testa sotto.

Era finita.

Cercai di scuotermi ancora una volta, ma quella presa non volle allentare, così mi arresi alla morte convinto che fosse giunta la mia ora.

Poi accadde.

La presa si spostò sui capelli, tirò in senso opposto e trascinò la mia testa fuori dall'acqua.

Inspirai l'aria ritrovata rilasciando versi rauchi simili a latrati di animali, poi arrivò la tosse convulsa che mi tolse le ultime energie rimastomi, infine ansimai cercando di regolare nuovamente il mio respiro, ancora qualche secondo e sarei soffocato.

Questa volta era stata dura, me l'ero vista brutta.

Mi presero per i capelli e trascinarono il mio corpo supino sul pavimento lercio.

Notai ancora una volta le piastrelle di terza fattura che ricoprivano quel lastricato di cemento, che era servito quale magazzino di mezzi meccanici, gli stivali di pelle inzuppati di terra e fango del mio carnefice, il tintinnio di un mazzo di chiavi appeso alla sua cintura, e mi chiesi come mai il mio cervello si focalizzasse su cose senza importanza. Era forse un modo per non arrendermi?

Era da quando mi avevano catturato che non avevano mai smesso di percuotermi, cercando di farmi soffocare in quell'acqua maledetta per convincermi a parlare, e ogni volta non avevo aperto bocca, ma ora lo avrebbero rifatto sperando che, dopo quest'ultima tortura, avessi cambiato idea.

Si sbagliavano di grosso!

Ormai ero condannato, tanto valeva rendere cara la pelle.

Mi alzarono di peso e mi legarono alla stessa sedia munita di cinghie e lucchetti, poi mi rimisero un sacco nero di tela scura in testa.

Tremavo, ma non era per il freddo, nè per la paura, era solo rabbia, una letale mostruosa rabbia.

Se avessi avuto la forza che mi avevano tolto a causa delle torture, le mani libere e la mente lucida, li avrei ammazzati tutti a mani nude.

Poi gli stessi passi che avevo già udito in precedenza si fecero più vicini, il mio aguzzino stava arrivando per l'ennesimo interrogatorio, convinto che avessi deciso di vomitargli addosso le informazioni.

Mi tolse il sacco dalla testa, quel ghigno malefico sfregiato da una cicatrice sulla guancia destra mi fece quasi venire un conato, si avvicinò fino ad essere a pochi centimetri dal mio viso.

Il suo odore dolciastro mi perforò le narici, sembrava colonia da quattro soldi o forse era solo la mia impressione

"Piace ke tu soffri vero?" disse nella sua goffa pronuncia per farsi capire, lo guardai restando in silenzio, lui alzò la mano e mi colpì con forza sulla guancia destra.

"Anke così piace a te, vero?" aggiunse ritornandomi vicino, non parlai, girai lentamente il viso per continuare a guardarlo in faccia.

Ripetè il gesto colpendomi dall'altra parte, procurandomi però un taglio sul labbro a causa di quel stramaledetto anello che portava al dito, il sapore del sangue mi costrinse a leccarmi il labbro inferiore.

 "Fai i nomi, subito! Dove è base segreta? Chi è ke comanda truppa? Dai coordinate di avamposto armato! Hai ultima possibilità di parlare, dopo *tu muori di stenti atroci*, capito verfluchten Englisch!"

Se c'era una cosa che avevo capito era la parola Englisch, ossia Inglese, ma io non ero inglese, ero un maledetto cafone scozzese, con una testaccia così dura da renderla quasi simile ad una roccia.

Era così maledettamente vicino che non ci pensai due volte, inarcai il collo all'istante poi gli sferrai una testata sulla fronte simile ad un martellata potente. Strabuzzò gli occhi, perse l'equilibrio e finì rovinosamente in terra come un sacco vuoto. Sfruttando quell'istante di disorientamento strattonai le cinghie sui polsi e sulle caviglie, cercando di allentarle, ma il risultato che ottenni fu solo quello di cadere di lato con la sedia.

Lo vidi riprendersi, mettersi seduto e scuotere il capo. Il bernoccolo rosso in mezzo alla fronte fu la cosa più bella che vidi su quella faccia da bastardo.

Quello che accadde dopo non lo registrai correttamente, il mio cervello smise di memorizzare, ciò che percepii fu solo una lenta, inesorabile, angosciante agonia.

Mi avevano appeso per le braccia legandomi a delle travi, ero a penzoloni completamente inzuppato di acqua sudicia, e ogni volta che quel cavo elettrico veniva spinto dalla mia parte, il mio corpo era percosso da scariche elettriche, che mi paralizzavano la lingua e mi toglievano ossigeno dai polmoni.

Udivo solo le minacce, le mie urla animalesche, fino a quando tutti i suoni non si assottigliavano divenendo in seguito muti.

Non contai le volte che svenni, perchè ad ogni mio risveglio la scarica si ripeteva fino a sfinirmi, fino a rendermi un involucro di carne e sangue completamente esanime.

Eppure, in quegli istanti precisi in cui la mia mente cercava di difendersi facendomi perdere i sensi, le parole che mi aveva detto Christian risuonavano come campane in balia del vento "Saprò trovarti anche se dovessi percorrere tutto il globo terrestre."

Pregai che fosse vero, che ce la mettesse davvero tutta per mantenere quella promessa, anche se le mie ore sembrarono ormai scadute, la mia essenza mi stava abbandonando, avevo resistito così tanto che non riuscivo a capire quanto il mio corpo avesse deciso di non cedere.

La mia carne non voleva morire, e nemmeno io.

(Precedentemente)

L'uomo aprì gli occhi e vide solo il nero della notte. Per un istante non seppe chi fosse, nè cosa ci facesse disteso sul terreno completamente immobile, poi un rumore all'interno del cunicolo che usava per raggiungere lo spogliatoio, lo paralizzò di nuovo. La memoria affiorò come un fiume in piena, ricordò lo scoppio del proiettile, un dolore al petto, poi più nulla.
E adesso la domanda premeva, premeva a più non posso, perchè non era morto?
Nel momento in cui realizzò che forse l'Onnipotente lo aveva miracolato con qualche magia, vide due uomini passargli di fianco, restò nella stessa identica posizione, trattenne il respiro e pregò che se ne andassero via subito.
Poi ebbe un flash! Sam Mclower non c'era più! Arrivò subito alla drammatica conclusione che probabilmente lo avevano catturato.

Fu in quel momento che si rese conto che era una pessima idea non seguirli, sarebbe stato l'unico modo che aveva per tentare di scoprire dove lo avevano portato.

Se ci fosse riuscito, Sam avrebbe avuto almeno un minima possibilità di essere salvato.

Era risaputo che i tedeschi sferrassero torture inimmaginabili, pertanto il tempo di resistenza a tali trattamenti, era il peggior nemico dei prigionieri, poichè se non avessero ottenuto informazioni entro ventiquattro ore, avrebbero smesso di torturare e sarebbero passati direttamente alla fucilazione.

Ma quel pensiero non appena nacque gli morì dentro, come avrebbe fatto a seguirli strisciando sulla sabbia, mentre loro si sarebbero allontanati sicuramente con un mezzo?

Non seppe il motivo per cui si spostò comunque, sentì solo di doverlo fare, per non lasciare nulla d'intentato, per sperare che forse il destino gli sarebbe venuto incontro.

Strisciò per oltre cinquecento metri alzando di tanto in tanto la testa, quegli uomini erano già spariti, solo le loro tracce erano visibili, poi accadde un fatto inatteso, quasi incredibile.

Il mezzo ero ancora spento ma aveva la portiera spalancata, il soldato seduto all'interno era intento a svuotare il contenuto di ciò che avevano trovato nello spogliatoio, l'altro invece era di spalle ed era intento a fumare un sigaro. Raphael pensò che fossero imprudenti a restare allo scoperto in quel modo, ma forse erano così sicuri di non trovar nessuno nei paraggi, che avevano pensato di fermarsi per qualche minuto, giusto per riprendere fiato.

E furono minuti preziosi per lui, poichè si trascinò fino al retro del mezzo, ci andò sotto e si ancorò con le braccia incrociate all'albero di trasmissione, pregando di avere la forza di resistere.

Lui era un assaltatore di terra, abituato a mangiare fango, ad arpionare qualsiasi cosa con una forza che gli nasceva dentro, dovuta ai geni tramandati dalla sua famiglia, pertanto aveva muscoli e nervi forti e resistenti, se il mezzo non avesse avuto grossi problemi, ce l'avrebbe fatta a restare appeso in quel modo.

I due partirono e imboccarono la strada diretti ad un avamposto segreto.

Raphael mangiò polvere, respirò i gas di scarico, si procurò un abrasione da bruciature per lo spostamento del polso, ma resistette fino alla fine.

Il mezzo si spense e i due si allontanarono con passo svelto, diretti in un magazzino fatiscente ma enorme, Raphael attese fino a quando i rumori dei loro passi si affievolirono per la lontananza fino a cessare del tutto.

Uscì da sotto. Si appiattì al muro e percorse il perimetro di quella costruzione fino a trovare una vecchia scala antincendio, si arrampicò ma poi il fiatone lo costrinse a fermarsi per qualche istante.

Si toccò il petto come se quel gesto servisse a calmare il suo cuore, e sentì la protuberanza dura sotto il panciotto.

Estrasse il sacro libro e lo guardò allibito.

Nel centro dello stesso uno squarcio profondo, scavato fin

quasi dall'altra parte, gli fece tremare le gambe. Inserì il dito all'interno arrivando a toccare il proiettile penetrato fino in fondo.

Deglutì dall'emozione.

Dio gli era stato davvero vicino.

Se lo avesse raccontato a qualcuno sarebbe stato preso per un pazzo. Riprese a salire e finalmente trovò un cornicione sopra il quale nascondersi.

Fu in quel momento che, affacciandosi all'interno dell'apertura, priva di vetri i cui resti frantumati erano stati ormai resi in briciole, che lo vide.

Era tenuto di forza da due uomini, con la testa immersa in un liquido scuro all'interno di una vasca fatiscente, tastò nella tasca del giubbotto ed estrasse la ricetrasmittente, doveva fare qualcosa, doveva provarci.

Si calò all'interno di quella costruzione e si accovacciò su una protuberanza che gli permetteva di avere un'ampia visuale su tutto il magazzino.

Vide ogni cosa, fu testimone di quelle torture ripetute, e per un istante gli sembrò che il tempo si fermasse, come ad impedire al destino di compiersi.

Pregò a lungo, sperando che qualcuno decidesse di venire a salvarlo.

La squadriglia si mosse guardinga lungo il perimetro dello stabile, si sparpagliò tutt'intorno poi fece irruzione nello stabile. Erano in cinque ma ben equipaggiati. Ci misero pochi minuti ad uccidere i tedeschi, lo sfregiato prese un colpo in mezzo alla fronte, gli altri caddero come birilli in seguito alle raffiche successive.

Raphael assistette a quel salvataggio estremo, vide il corpo di Sam esamine accasciarsi inerte, dopo essere stato liberato dalle corde, non seppe dire, al momento, se fosse sopravvissuto, le volte che lo aveva veduto stramazzare a causa delle scariche elettriche, lo aveva spinto a serrare i pugni e a chiudere gli occhi per non cedere alla rabbia e allo sconforto per una tortura così efferata.

Si chiese se qualcuno, ai piani alti della Compagnia Britannica, si fosse mosso perchè era davvero insolito mandare una squadra apposita solo per salvare un uomo.

Raphael pensò che Sam fosse stato davvero fortunato, oppure più probabile che avesse avuto qualche conoscenza influente.

Prese la bibbia e se la portò alle labbra.

"Grazie Signore" mormorò, quindi si apprestò a lasciare quel lurido posto.

Un Altro Modo

Era sgusciato fuori dal letto, abbandonando il corpo caldo di Alma, cercando di non far rumore, ed era salito sulla torretta per sapere se la squadriglia era entrata in azione.

David Fisher aveva usato le sue vecchie conoscenze per infiltrarsi all'interno della Compagnia Britannica ed era riuscito a farsi ascoltare portando alla luce vecchi favori ancora in sospeso. Se avesse saputo di essersi mosso per salvare un omosessuale che aveva avuto, ed aveva tutt'ora, una relazione col marito di sua figlia, gli sarebbe venuta una sincope.

Ma a volte il destino è giusto, tira le fila delle sue marionette determinandone gli eventi con il giusto grado di giustizia.

In passato Fischer non aveva mai nascosto la sua omofobia.

Il suo odio nei confronti delle giovani reclute con tendenze omosessuali era sempre stato notato negli ambienti di alto grado, eppure nessuno lo aveva mai fermato durante le poco ortodosse azioni intraprese; forse adesso, anche se in modo inconsapevole, la giustizia aveva chiesto il suo prezzo e lui aveva semplicemente contribuito a pagare.

Arrivò in cima e come un forsennato chiese novità.

"Lo hanno preso" disse il soldato di guardia "non sappiamo però se è ancora vivo" aggiunse in tono sommesso.

Christian ammutolì, un'espressione illeggibile si dipinse sul suo viso.

"È un suo amico dottore? Forse lo conosce? " continuò, vedendo il pallore preoccupante sul suo viso, Christian si riscosse, cercò di riprendere il controllo poi la voce uscì "Sì, è un amico. Tempo fa abbiamo partecipato ad una missione", il soldato annuì, poi Christian attese notizie riguardo al luogo in cui era stato trasportato, attese fino a quando non scoprì dove avevano lo avevano portato, quindi lasciò la casa di David Fisher in piena notte.

(Christian)

Non ebbi resistenze nell'ottenere il permesso di vedere Sam, il mio tono era stato così convincente da far tremare chiunque, oppure, più probabile, era stato il nome di David Fischer scandito a chiare lettere, a convincere il picchetto di guardia a farmi entrare.
Nella stanza c'era solo un letto, da parte una serie di strumentazioni monitoravano lo stato di salute di quel corpo coperto da un lenzuolo fino al collo.
Tremai nell'avvicinarmi e quando fui a pochi passi da lui riconobbi Sam, il mio Sam!

Era vivo, ma nessuno avrebbe scommesso su di lui.

Se avesse passato la notte, con ogni probabilità, avrebbe avuto una chance di cavarsela.

Il volto ceruleo mi restituì un'immagine di forte impatto, aveva il naso gonfio e la fronte riportava un bernoccolo importante, mi portai le mani al viso pensando alla sofferenza dovuta per quelle torture perpetuate sul suo corpo.

Barcollai un poco, poi presi una sedia e mi sedetti di fianco a quel letto con lo sguardo fisso su di lui.

Attesi tutta la notte, ma Sam non si svegliò.

Per tre notti di seguito ritornai al suo capezzale, poi finalmente riprese conoscenza, ma io ero andato via da poco.

La quarta notte lo trovai sveglio e vigile, mi stava aspettando, qualcuno gli aveva detto che erano giorni che lo andavo a trovare.

"Ciao" disse solo mantenendo un tono basso, "Ciao Sam, sapevo che non ti saresti arreso" replicai, un timido sorriso si affacciò inatteso sul suo viso.

"Aye, io non ci avrei scommesso, ero già morto nella mia testa" disse sincero.

Mi avvicinai osservando i suoi occhi, aveva uno sguardo strano, come se sapesse qualcosa che non voleva dirmi.

"Come ti senti?" lui sospirò, "Malconcio, ma con tutti i pezzi attaccati."

"Sai già dove ti trasferiranno dopo la convalescenza?" ad un tratto abbassò la testa, una strana sensazione mi avvolse, fu come se avessi ricevuto un ceffone in pieno viso e non me lo spiegai, ma poi compresi, le sue parole mi perforarono le meningi.

"Sì, mi mandano a casa Christian" mormorò, rimasi muto, lui mi guardò profondamente, dopo tutto quello che avevamo passato erano rimaste solo le briciole, mancavano anni al termine della guerra ed io mi sentii impazzire solo al pensiero di stargli lontano così a lungo.

"Non posso stare senza di te" dissi tutto d'un botto "ho creduto d'impazzire quando ho saputo che eri stato catturato, non so come ho fatto a controllare i miei impulsi" confessai, Sam restò in silenzio, ma giurai di vedere i suoi occhi farsi lucidi.

"Maledizione! Sam dì qualcosa!" lui si riscosse, mi guardò diritto nelle iridi e disse "Hai detto che avresti voluto continuare… con me." "Lo voglio con tutto me stesso." "Allora vieni a Oban dopo la guerra, ti aspetterò là, ti aspetterò sempre!"

Memorie e Segreti

(2013)

Non avevo mai compreso il motivo per cui mio padre aveva scelto di trasferirsi in quella struttura così lontana dal mio appartamento. Certo alla veneranda età di novantacinque anni era stato difficile per me contrastare i suoi desideri, quindi nonostante il problema della lontananza che m'impediva di andare a trovarlo regolarmente, non avevo trovato il coraggio di negargli quel suo desiderio.

Era successo cinque anni fa dopo la caduta dalle scale: frattura al femore e al ginocchio destro.

Un incidente dai risvolti inattesi per quel vecchio brontolone, ancora autosufficiente a tal punto da assentarsi tutti i fine settimana per far visita a persone a lui care, di cui non aveva mai volutamente parlarmi.

Segregato in casa e, per giunta, sacrificato su una sedia a rotelle, aveva perduto quasi il senno.

Fu allora che mi disse di voler trasferirsi ad Oban, una piccola cittadina sulla costa orientale della Scozia

"Oban? *Ma tu sei pazzo!*" gli avevo urlato fino a farmi ingrossare la gola.

"No che non lo sono e tu non hai nessun diritto di impedirmelo!" aveva prontamente risposto senza perdere il suo formidabile aplomb.

E così mi ero armato di pazienza e lo avevo accontentato.

Diceva che su quel promontorio, con quel panorama

mozzafiato sotto al quale si stagliava una meravigliosa baia dalla forma di un ferro di cavallo, riusciva ancora a respirare come una volta.

E così mi ero ritrovato a compiere vere e proprie traversate per il paese, almeno due volte al mese, trovandolo giorno dopo giorno rinvigorito, in fondo avevo solo lui al mondo, dato che avevo scelto di non sposarmi.

Quel posto conservava una bellezza straordinaria, dagli anfratti rocciosi e selvaggi ai dolci pendii dei colli verdeggianti, per poi sfociare in un panorama mozzafiato dove il mare, sfumato dal verde al blu cobalto, lambiva la costa con la sua energia, frustando con la sua spuma ogni singolo scoglio che si affacciasse, indomito e antico.

Sembrava che il vento respirasse con la terra, sussurrando segreti reconditi, che presto avrebbero stravolto la mia esistenza.

Quella maledetta telefonata che mi aveva paralizzato all'istante, era arrivata durante una giornata buia e piovosa.

Mio padre era spirato nel sonno senza nemmeno accorgersi che la morte era venuta a prenderlo.

Mi ero alzato ed avevo spento la televisione, quindi ero ritornato a sedermi crollando come un sacco vuoto.

Le lacrime erano arrivate prepotenti per poi trasformarsi in un pianto convulso, lasciandomi completamente senza difese.

Il mattino dopo ero partito per la Scozia.

Scossi il capo cercando di annullare le ultime ventiquattro ore, ma fu tutto inutile.

Ero ancora intontito e stravolto per il viaggio, ma soprattutto non ero in grado di placare quel peso minaccioso che continuava a schiacciarmi il cuore, fino a quando non arrivai a destinazione.

La casa di riposo mi apparve come un edificio che si proiettava oltre il tempo, lontano da ogni mia immaginazione.

Mi accomodai all'interno, una stranissima sensazione mi avvolse senza che io potessi controllarla.

Fu come varcare la soglia di un luogo racchiuso in un limbo, completamente distaccato da tutto ciò che albergava all'esterno.

Il direttore della struttura, mi ricevette subito, ma con mia grande sorpresa mi pregò di attendere in una stanza spoglia completamente solo, poichè prima di avere il permesso di vedere la salma di mio padre, avrebbe dovuto parlarmi.

"Mi spiace di questa attesa" aveva esclamato, dopo aver aperto la porta con cortesia e delicatezza "ma sono state le indicazioni che ho ricevuto proprio da suo padre" aveva poi concluso aggrottando la fronte.

 Lo avevo seguito con uno strano presentimento nel cuore, non solo avrei dovuto tenere a freno un dolore che mi stava attanagliando da quando ero partito, ma ero anche stato costretto a subirmi le ultime stravaganze di quel vecchio, stravaganze che si erano moltiplicate da quando mia madre era deceduta.

Eppure era stato un buon padre per me, nel momento del bisogno c'era sempre stato, pur dividendosi tra il lavoro e i suoi costanti viaggi, che intraprendeva in periodi organizzati e pianificati.

Essendo un farmacista, era sempre soggetto a continui aggiornamenti sui famaci, pertanto si assentava per qualche giorno ogni mese, o almeno era questo che mi spiegava sempre al suo ritorno.

E adesso, seduto in questo studio, arredato in modo spartano ma dotato di due ampie vetrate che davano sulla baia, attendevo trepidante di conoscere le sue ultime volontà.

"Non si preoccupi, non ci vorrà molto", disse il direttore, estraendo un piccolo pacco accompagnato da una busta sigillata, depositata proprio sulla sommità dello stesso.

La tenne in mano per qualche secondo poi me la porse dicendo "Questa è indirizzata a lei."

Presi con mani tremanti quella busta, la guardai incredulo e disorientato, il nome di Samuel Lancaster, ossia *il mio nome*, spiccava a caratteri cubitali.

Feci un lungo respiro poi decisi finalmente di aprirla.

Per un breve istante il mio cervello si rifiutò di prestare attenzione alle parole che scorrevano su quel foglio bianco, poi decisi di farla finita e di accettare quell'addio che aveva confezionato per me.

Ciao figliolo, se starai leggendo questa mia, vorrà dire che sono morto e allora perchè non renderti edotto di ciò che da anni alberga nel mio cuore?

Rilassati e prendi coscienza di chi era veramente tuo padre, respira e non piangere, perchè' io sono stato un uomo molto, molto felice.

Apri quel pacco e prenditi qualche ora di riposo, lì c'è tutta la mia vita, dall'inizio alla fine, è giusto che tu la conosca, è un mio dovere dirtelo ed è un tuo diritto saperlo.

Addio figliolo mio, e sappi che ti ho amato dal giorno che sei nato.

Tuo padre

Christian

Lancaster

Guardai quel pacco innanzi a me e intuii immediatamente il suo contenuto, mentre il direttore restò in silenzio concedendomi il tempo di riprendermi.

"Quando avrà terminato, potremmo iniziare le esequie di suo padre e procedere alla sepoltura nel luogo da lui indicato."

Non seppi controbattere a quelle parole, ormai era stato tutto deciso nell'ordine esatto che mio padre aveva manifestato nelle sue volontà, pertanto avrei dovuto solo eseguire alla lettera ciò che lui aveva enunciato senza battere ciglio.

Forse era giunto il tempo di conoscere quest'uomo attraverso le sue stesse parole, parole che stavano iniziando a fluire nella mia testa come un film senza interruzione.

Lessi vecchi articoli, diari, lettere, che narravano avvenimenti senza interruzioni.

Due anime diverse che, con le loro voci, iniziarono a catapultarmi in un altro mondo, in un'altra dimensione.

Non so quanto tempo passò, capii solo di aver concluso le sue memorie con un angoscia nel cuore.

Ero spiazzato, disorientato, confuso ma anche sbalordito, stupefatto, meravigliato.

Avevo sempre creduto di conoscere mio padre, ma mi ero sbagliato.

E nel momento in cui questa nuova consapevolezza iniziò a farsi strada dentro di me, sentii di aver spezzato un cerchio perfetto, che aveva custodito la mia esistenza in una sorta d'involucro ovattato, ordinario, tranquillo, alimentato giorno dopo giorno senza che io me ne fossi accorto.

La persona che credevo di conoscere non aveva più nulla in comune con quest'uomo che, invece, si era rivelato.

Un perfetto estraneo che aveva scoperto che la vita era strana, riservava sorprese inattese, a volte spietate e spaventose, altre straordinarie.

Avrei tanto voluto riavvolgere il nastro del tempo all'indietro, per poter guardare con altri occhi colui che mi aveva costretto in quel cerchio perfetto, controllando ogni sbavatura, ogni dubbio, ogni tentativo di fuga o ribellione, con una classe innata, con una gentilezza squisita e con un amore smisurato.

Ah! Come lo avrei voluto! Ma restava solo il passato, i ricordi, e il rimpianto per non averlo mai veramente conosciuto.

Chiusi quei diari di vita con l'amaro in bocca, e l'ansia iniziò ad attanagliarmi.

L'aria s'incanalò a tratti nella trachea, i polmoni chiamarono più aria, ma non ci fu nulla da fare, il respiro si fece a tratti come spesso mi accadeva quando mi agitavo per qualcosa, e questo lo avevo ereditato da mio padre.

Ed ora ero davvero, davvero, agitato.

Ero arrivato alla fine di ciò che, nelle sue ultime volontà, aveva deciso di farmi sapere, ma non era stato sufficiente per me.

Era chiaro che l'evoluzione della sua vita si era sviluppata su due versanti opposti, il primo rivolto a me e a mia madre, il secondo in direzione di Sam Mclower, da cui avevo ereditato il mio nome, eppure avrei tanto desiderato sapere come aveva fatto a farsi perdonare, dopo che gli aveva taciuto quell'orribile verità riguardo alla sua morte.

E cosa Sam avesse trovato al suo ritorno era l'altra faccia di quella medaglia che mi sarebbe piaciuto conoscere.

E adesso? Chi mi avrebbe fornito tutte le altre risposte?

Perchè? Perchè lasciarmi così nel limbo?

Ad un tratto la porta si aprì, il direttore varcò la soglia alzò il viso e disse "Mister Lancaster? Siamo pronti per le esequie, mi dica quando è disponibile."

"Sono pronto" dissi alzandomi "mi faccia strada" ordinai, lui annuì e mi precedette lungo il corridoio.

La camera ardente era stata allestita con cura.

Il corpo di mio padre, adagiato in una bara semplice, era ben composto, chi lo aveva sistemato per il suo ultimo viaggio aveva fatto un ottimo lavoro.

Restai solo in quella stanza per una decina di minuti, il profumo di fiori freschi intrise la mia giacca al punto di scatenare due starnuti.

Diedi l'ordine di sigillarla e uscii in attesa di seguire il carro funebre fino alla piccola chiesa.

Al funerale di mio padre eravamo in dieci, il personale infermieristico della casa di riposo, il direttore della struttura, due anziani evidentemente amici di mio padre e io.

L'omelia durò una mezz'ora, ma io non ascoltai nemmeno una parola, la mia mente era altrove, intenta a focalizzare quel campo santo che a breve avrei raggiunto.

La lieve pendenza del sentiero mi procurò uno sbandamento improvviso, avevo il cuore che scalpitava, il fiato corto e un groppo in gola poichè, alzando il viso, avevo riconosciuto l'anfratto roccioso dal quale aveva spiccato il volo Adam.

A pochi passi, la fossa di terra fresca pronta ad accogliere la bara di mio padre, m'investì prepotente.

Di fianco, una lapide piuttosto rovinata catturò la mia attenzione, lessi quel nome come in preda al panico, ma lo focalizzai solo nella mia mente, perchè la voce non fu in grado di trasformare quell'impulso in parola.

Samuel Mclower — 1940 -

Ebbi un mancamento, barcollai e per poco non caddi all'indietro.

Se quel nome era l'unico Samuel Mclower che risultava defunto, significava che *il vero Sam* era ancora *vivo!*

Poi una voce mi raggiunse alle spalle.

"Fa effetto vero?" mi voltai e restai ammutolito, un uomo anziano, ma prestante, ancora ritto sulle sue gambe si affiancò a me, presi fiato poi ansimai, incapace di emettere qualsiasi suono "vedere il proprio nome scolpito sopra una lapide per più di settant'anni senza poter far nulla per cambiare le cose" confessò.

Finalmente la voci uscì.

"Lei è… " "Aye, e tu hai preso gli occhi e la bocca da tuo padre" replicò interrompendomi, un colpo di tosse mi colse impreparato "e per giunta non respiri bene, proprio come capitava a lui."

Cercai di ritrovare il fiato stringendo i pugni, concentrando la mia attenzione su quell'uomo davanti a me, l'unico in grado di fornire le risposte alle mie numerose domande.

"Va meglio?" mi chiese arpionandomi il braccio per indirizzarmi verso la fossa dove la bara di mio padre era appena stata calata.

"No" dissi secco "non va meglio, ho la mente stravolta e mi

sento come se un treno mi fosse passato sopra."

Quell'incredibile uomo, che a occhio e croce avrebbe dovuto contare almeno novant'anni, emise un suono gutturale simile ad uno schiocco, poi sembrò leggermi nella mente.

"Vuoi avere le risposte alle tue numerose domande?" mi girai e fissai il mio sguardo su di lui.

"Sì, con tutto me stesso" dissi emozionato, vidi i suoi occhi farsi luminosi e la sua espressione facciale cambiare all'improvviso.

Per un istante immaginai, sotto a quella maschera di rughe solcate dal tempo, il suo giovane viso, e ne fui affascinato. Nonostante la vecchiaia era rimasto prestante, la sua stazza era ancora perfettamente riconoscibile, così come la sua altezza, ma erano stati quegli occhi velati di vecchiaia a ipnotizzarmi.

"Aye ci speravo tanto sai? Tuo padre aveva ragione su tutto, anche sul fatto che avresti voluto sapere" disse, e mentre assistevamo alla sua sepoltura esplorai le altre lapidi in cerca di Adam, ma non lo trovai.

Quando tutto terminò m'inginocchiai accanto alla sua tomba, baciai il suo nome, e lo salutai per l'ultima volta.

Sam attendeva con pazienza quel rito di addio, e quando si accorse che stavo ritornando nella sua direzione m'indicò un luogo dove avremmo potuto sederci.

Era un masso simile ad una vecchia panchina ricavata dalla pietra, di fianco, un grosso albero la ombreggiava, rendendo quella sosta piacevole e fresca.

Una volta seduto vagai con lo sguardo in cerca della lapide di Adam, ma come era già accaduto prima, lui seppe leggermi nei pensieri.

"Non lo troverai qui, è stato sepolto proprio laggiù, al limite del camposanto" disse in tono sommesso, indicando il punto con la mano.

"Perchè?" chiesi sentendo le mie guance accaldate, "Si è tolto la vita, non è degno di risposare con gli altri." Mi passai le mani nei capelli, l'esclamazione mi uscì senza controllo.

"Che stronzata!"

"Aye lo è! Un tempo, però, non era così. Oggi le cose sono diverse" esclamò in tono calmo, fu in quel momento che la prima domanda uscì come un fiume in piena.

"Cosa accadde quando fece ritorno a Oban?" Sam mi guardò e finalmente iniziò a parlare.

"Arrivai un mattino del 1942, ero ancora debole a causa di quelle torture che mi avevano devastato il corpo e, nonostante tuo padre avesse tentato di prolungare la mia degenza, non ci fu nulla da fare. Quando entrai in paese la gente fuggì, alcuni si fecero il segno della croce, altri mi presero a sassate fino a quando non scoprii che la mia casa era chiusa da tempo, da quando la mia vecchia nonna era morta. Ma fu il vecchio Paul ad avvicinarsi, proprio quando vide che mi stavo dirigendo verso la casa di Adam. Mi sbarrò la strada, toccò il mio corpo per sapere se ero fatto di carne e sangue, poi disse le seguenti parole 'Sam Mclower è morto due anni fa, è sepolto nel camposanto vicino alla baia. Io non so chi tu sia, ma una cosa voglio dirtela, qualunque sia la tua identità, non sei il benvenuto qui, non c'è posto per uno straniero tra le nostre genti.' Non capii subito di cosa stesse parlando, anche perchè la prima cosa che chiesi fu 'Dov'è Adam?' il suo viso si fece di pietra, la sua voce parve provenire dagli inferi 'Sotto tre metri di terra, si è tolto la vita dopo aver sepolto Sam Mclower, un fatto devastante per la sua famiglia.' Non ci misi molto a scoprire cosa fosse successo, e giurai a me stesso che, se un giorno Christian Lancaster fosse venuto a cercarmi, l'avrebbe pagata cara."

Restai con mezza bocca aperta poi la domanda successiva fluì senza freni.

"Cosa avvenne quando mio padre la trovò?" lui divenne serio, ma prima di esaudire la mia richiesta disse "E' strano, ancora oggi mi chiedo come tuo padre abbia fatto ad ottenere il mio perdono, eppure ringrazio l'Onnipotente per averglielo concesso, perchè per tutti questi anni abbiamo vissuto una storia meravigliosa, abbiamo respirato l'amore in ogni istante della nostra esistenza, dimentichi delle sofferenze passate, della doppia vita di tuo padre, dei ricordi della guerra, dei rischi corsi e dei sacrifici fatti, perchè in noi scorreva una passione vera, un amore smisurato e unico, in grado di restituirci una felicità mai provata prima. L'amore abbraccia le persone, non importa di quale sesso siano, una volta riconosciuto, assaporato, vissuto, è in grado di appagarti per sempre."

Poi nella mia testa le sue parole si fecero immagini e fu come se fossi lì quel giorno, il giorno che mio padre andò a Oban a cercare Sam.

Fino alla morte

(Christian)

Avevo fatto l'intero viaggio fino ad Oban in treno, in preda ad un'ansia che non mi aveva risparmiato neanche un attimo, il respiro a tratti mi aveva costretto ad alzarmi più volte, costringendomi a camminare nel corridoio adiacente agli scompartimenti, come un pazzo furioso.

Poi, giunto a Oban, i miei polmoni si erano riempiti di quell'aria salmastra che soffiava dalla baia come una brezza benedetta, permettendomi di calmarmi.

Il cielo plumbeo parve farsi ancora più scuro, adombrando quell'immenso panorama che mi si stagliò innanzi non appena imboccai la strada per il paese.

Mi fermai abbagliato da quella visione e inspirai a pieni polmoni.

Stavo male.

Quest'attesa mi aveva succhiato via tre anni di vita, tre anni ad aspettare questo momento, ed ora che era arrivato un terrore spaventoso si era insediato all'improvviso, creandosi uno spazio nel mio muscolo, opprimendolo all'inverosimile.

Percorsi la strada in cerca d'indicazioni utili a trovare la casa di Sam, ma non incontrai anima viva fin quando non arrivai in prossimità di un lavatoio.

Tre donne erano impegnate a riempire dei secchi d'acqua destinati agli abbeveratoi delle pecore, due di loro si allontanarono immediatamente, la terza non si mosse.

Continuò imperterrita a fare ciò che stava facendo fino a quando non si accorse che le ero alle spalle.

"Mi scusi" chiesi con cortesia "avrei bisogno di un'informazione" lei si raddrizzò, si voltò e scrutò il mio viso.
Aveva una pelle diafana, dei capelli color del grano tutti scompigliati e uno sguardo curioso, per un attimo non seppi parlare.
"Allora? Sto aspettando" disse facendomi sussultare, "Oh! Certo! Io sto cercando…" poi la voce mi morì in gola.
Non avrei potuto dire quel nome, era un nome morto, defunto, un nome pesante come un macigno, ma avrei dovuto farlo!
"Insomma! E' venuto fin qui senza sapere chi sta cercando?" replicò piuttosto seccata, "In realtà so benissimo chi sto cercando, il suo nome è Sam Mclower."
Lei sgranò gli occhi, mi scrutò da cima a fondo guardandomi in modo strano, quello che disse non lo capii fino in fondo "Quel nome non si pronuncia qui, e colui che lo porta non è il benvenuto. Se vuoi incontrarlo devi uscire dal paese, salire la collina e raggiungere una radura, forse troverai quello che cerchi." "Grazie, posso sapere il suo nome?" lei restò in dubbio

se acconsentire o no, si guardò in giro furtiva, poi quando fu sicura che non ci fosse nessuno nei paraggi, decise di accontentarmi.

"Mi chiamo Amy" poi aggiunse "e… dica a Sam di riguardarsi", lessi nei suoi occhi sofferenza, rammarico, tristezza, mi si strinse il cuore.

"Lo farò" quindi mi dileguai.

Camminai per una mezz'ora, poi finalmente arrivai alla radura.

Avevo il fiato corto e una strana sensazione nel cuore.

Arroccata in prossimità di un masso, una strana costruzione catturò la mia attenzione, di fianco, un gran numero di cataste di legno, occupavano gran parte dello spazio adiacente; mi avvicinai cauto sperando che ci fosse qualcuno.

Lo vidi di spalle, accucciato tra il legname, intento a riordinare i ceppi appena tagliati.

Il cuore scalpitò all'impazzata e la testa iniziò a vorticare, lui sentì i miei passi, si voltò e mi vide.

Avrei voluto essere tre metri sotto terra, il suo sguardo truce non mi restituì niente di buono, e mentre accorciava le distanze avvicinandosi a grandi passi, capii che non mi avrebbe mai perdonato.

"Sei venuto a portarmi via anche questa vita?" il suo tono mi ferì come una lama conficcata nel petto, non fui in grado di emettere alcun suono, serrai i pugni per la rabbia e la paura che mi stava avvolgendo tutto.

"Non avresti dovuto venire Christian Lancaster! Non dopo quello che mi hai taciuto."

Ormai mi era di fronte, i suoi occhi parvero perforarmi come due tizzoni ardenti, non avrei mai potuto sottrarmi alla sua ira, in fondo era quello che mi meritavo.

Cercai parole che non fluirono, un blocco atroce mi zittì all'istante, cosa avrei potuto fare ora per rimediare a tutte le conseguenze che ne erano scaturite?

Niente! Non avrei potuto fare niente.

Eppure qualcosa si sbloccò perchè la voce fluì senza più timori "Invece sono qui Sam, ho contato gli anni, i mesi e i giorni che mi separavano da questo momento, poi ho deciso di venire comunque, non posso vivere senza il tuo perdono…"

Per un attimo lessi nei suo occhi qualcosa che mi scatenò dentro un'emozione incontenibile, ma durò poco, poichè Sam riprese il controllo arpionandomi il collo con una mano.

Quel gesto mi lasciò inerme, se avesse voluto percuotermi lo avrei comunque accettato.

"Come faccio a perdonarti? Adam si è ucciso credendomi morto, mia nonna è spirata senza che io lo sapessi, e tutte le persone a me care mi hanno cacciato dal paese allontanandomi da tutto ciò che conoscevo, che aveva importanza per me! Non ho più avuto una vita da allora Christian e questo è accaduto in parte anche per colpa tua!"

Mentre parlava stringeva il mio collo togliendomi il respiro, eppure contrastai la sua forza riuscendo a smorzare quella presa con la mia mano.

"*Lasciami Sam!* Sono qui adesso! So benissimo quali siano state le conseguenze di un atto a cui non ho potuto sottrarmi. Eravamo in guerra e la guerra ci ha privato di cinque anni di vita, ma è successo! E' vero hai perduto una vita Sam, ma io sono venuto per dartene un'altra. Vieni con me a Londra, saremo insieme, perchè io un modo l'ho trovato per continuare a sperare, vorrei che lo trovassi anche tu."
Si staccò da me e indietreggiò di alcuni metri.
Quest'altro gesto mi fece ancora più male del primo, forse quel sentimento che io avevo alimentato per tutto questo tempo, non occupava più il suo cuore e questo, per me, sarebbe stato il colpo di grazia.
"Guardami Sam! Se hai smesso di sperare in noi, io sparirò dalla tua vita, ma se solo hai conservato anche una minima emozione che ci ha permesso di amarci in quel modo unico e smisurato, *allora tenta!* Questo amore è raro, è unico, non può essere sprecato, e se anche il destino ci ha beffato, portandoci via i nostri anni migliori, possiamo rifarci restando assieme,

alimentando un sentimento vero che ci ha legato indissolubilmente. Ecco perchè ho bisogno che mi perdoni… Sam."

In quell'istante un vento freddo si levò, e un boato simile ad uno scoppio ci fece rizzare i capelli in testa.

"Aye è solo un temporale, andiamo dentro, sta per piovere" disse indicandomi di seguirlo.

C'era solo un locale all'interno, riscaldato da un stufa artigianale evidentemente scartata da qualcuno. Accostata alla parete, una branda faceva da letto, mentre al centro un tavolo di legno sbeccato di lato, ospitava un vaso ricolmo di spezie e erba profumata.

"Serve ad assorbire l'odore, a volte si soffoca qua dentro" si giustificò lui quando mi vide toccare con mano quella strana composizione.

"Siediti, beviamo" ordinò indicandomi uno sgabello malconcio, ubbidii e rilassai le spalle, il fiato si fece profondo e il cuore rallentò i battiti.

"E' una stamberga lo so, ma almeno ho un tetto sotto quale ripararmi e un fuoco per scaldarmi le ossa" disse in tono sommesso, "Mi dispiace Sam, non sai quanto."

"Aye, ho vissuto per mesi come un barbone, niente lavoro, niente cibo, niente casa. Poi mi sono spostato a nord e ho avuto la fortuna di trovare una falegnameria che stava cercando manovalanza. All'inizio mi davano solo del cibo e una stanza per dormire, ma poi le cose sono andate meglio. Quando ho iniziato a guadagnare mi sono stabilito qui grazie ad Amy, la sola persona che mi sia rimasta amica. Ho sistemato questo posto e da allora ci vivo, lavorando a commissione."

Fece una lunga pausa poi si girò verso di me scrutandomi da capo a piedi, "Tu invece sembri un damerino, te la cavi dunque?" "Sì, me la cavo. Ho una farmacia tutta mia adesso, posso finalmente fare il dottore sul serio" risposi orgoglioso, vidi un tenue sorriso su quelle labbra sconvolgenti, ma poi si rabbuiò abbassando il capo.

Mi alzai per raggiungerlo ma lui si scostò, "Sam…"

"Non ti capisco Christian, come *puoi volermi in queste condizioni?*" quelle parole mi perforarono il petto, qualsiasi significato avesse quella sua esclamazione non riuscii a comprenderla fino in fondo.

Avrei baciato ogni poro della sua pelle, avrei toccato ogni centimetro di quel corpo statuario che mi si parava innanzi, avrei assaporato quelle labbra fino a sfinirmi, e lui era stato capace solo di preoccuparsi della sua condizione?

"*Fino alla morte*" dissi alzando il tono "è la promessa che mi hai fatto, sono venuto affinchè tu possa mantenerla Sam. Non m'importa come vivi, non conta nulla se non possiedi niente, io voglio te e basta! Solo se tu non mi amassi più accetterei la sconfitta, ma devi dirmelo *maledizione!*"

Eravamo occhi negli occhi, una minima distanza ci divideva, infima, quasi un niente, finalmente parlò.

"Non posso Christian, mi sei entrato nel sangue, nella pelle, occupi tutti i miei pensieri e anch'io ho contato gli anni, i mesi e i giorni, in attesa di questo momento. E nonostante la rabbia e l'odio che mi avevano quasi consumato, non ho mai smesso di amarti come un pazzo… mai!"

Aveva gli occhi lucidi, i pugni chiusi e il labbro inferiore che tremava, ad un tratto occupai quello spazio tra noi cercando la sua bocca, le nostre labbra divennero una, il bacio potente e furioso che ne scaturì ci costrinse ad ansimare.

Un impeto crescente mi catturò senza riserve, lo volevo come non avevo mai voluto nessuno, e lui voleva me!

In quella stamberga, sopra ad un colle desolato, in balia del vento che respirava con la terra, e che sembrava soffiare in modo differente, quasi fosse portatore di buone intenzioni, mi sentii a casa, lo avrei amato come un pazzo per una vita intera, lo avrei reso felice, fino a quando non avesse deciso di perdonarmi.

E lo avrei fatto fino alla morte.

Il Vento del Perdono.

Fine

Sommario

Scozia
(Anno 1940)
Periferia di Londra
(Anno 1940)
Oban - Scozia
(1940)
Londra
(1940)
Oban – Scozia
(1940)
Campo Base a sud di Londra
Cimitero di Oban - Scozia
Campo Base
Francia
(1940)
Campo base
Londra
Consapevolezza
(Christian)
Consapevolezza
(Sam)
Francia
(inizio estate 1940)
La Missione

Campo Base
La Traversata
Francia
Trentaquattro Chilometri (Sam)
Trentaquattro Chilometri (Christian)
Rischiose Complicazioni
Licenza Speciale
Il Fantasma
Londra
Il Salvataggio
Oblio (Sam)
Un Altro Modo
Memorie e Segreti
Fino alla morte (Christian)

Printed in Poland
by Amazon Fulfillment
Poland Sp. z o.o., Wrocław